刑事何森 逃走の行先

丸山正樹

DETECTIVE IZUMORI THE DESTINATION OF ESCAPE

東京創元社

目　次

逃女《とうじょ》…………5

永遠《エターナル》…………71

小火《しょうか》…………139

あとがき…………264

刑事何森《いずもり》　逃走の行先

逃_{とう}

女_{じょ}

1

苦手な書類仕事に手間取り、署を出るのが遅くなった。駅に降りた時には夜の九時を過ぎていたが、スーパーマーケットの明かりがまだついていたことに何森稔《いずもりみのる》は安堵《あんど》する。

公休の前日は、アパートまでの帰途にあるこの店で翌日分の食料を買い込むのが何森の日課になっていた。そうしておけば当日は一日部屋から出ないで済む。近くにコンビニの類《たぐい》はなかったから、遅くまで営業しているのも有難かった。

店内は空《す》いていた。冷蔵庫の中身を思い浮かべながら野菜売り場、精肉コーナーと歩き、総菜もいくつか選んだ。この店は中華だけでなく、生春巻きやフォー炒めなどベトナム風の総菜も充実しているのだ。それらに加え、切らしていた日用品や飲み物などもカゴに入れ、レジへと向かった。

三つ並んでいるレジのうち一つは閉まっており、もう一つには女性客がかなりの品数が入ったカゴを置いていたため、年配の男性が一人立っている中央のレジへと歩を進めた。

距離をとって並んだところで、前に立つ男性客の怒鳴り声が聞こえた。

「お前じゃらちがあかん、日本人の店員はいないのか、日本人を呼べ！」

トラブルか、と店員の方へ目を向ける。ユニフォーム姿でレジに立っているのは、東南アジア系に見える若い外国人女性だった。

「早く呼べって。何でこの店はガイジンばっかりなんだ」

六十がらみの顎マスクの男性客は、苛立ったように声を荒らげる。

何かあったにせよ、「お前」「呼べ」「ガイジン」と続く言葉はクレームというより罵倒《ばとう》に近い。見兼ねて制しようとした時、

「日本人の店員を呼んでも同じです」

レジの女性店員が落ち着いた声を出した。外国人特有のイントネーションはあるものの、流暢《りゅうちょう》な日本語だった。

「申し訳ありませんがお客様のおっしゃった品物は置いてありません。入荷の予定もありません」

「はぁ？　何を確かめもしないで……いいから呼べと言ってるだろうが」

男はなおも語気荒く言い募るが、店員に怯む気配はなかった。

「ないのは間違いありません。必要でしたら他の店でお買い物してください」

「何だと……お前、馬鹿にしてんのか！」

男が足を踏み出し、店員に顔を近づけたところでその肩を摑んだ。

「うん？」

振り向いた男が、値踏みするように何森のことを見る。

「なんだあんた、何か――」

凄みかけた表情が、途中で固まった。

言葉を交わすのも面倒で、何森は顔の横に警察手帳を掲《かか》げていたのだ。

「いや別に……何でもありませんよ……」

狼狽《ろうばい》した男は、店員に向かって「もういいから！」と言い放つと、会計の途中だったカゴを残してその場から離れて行った。

足早に出口へと向かう男を見送り、何森は警察手帳を仕舞った。

「ご迷惑をおかけしました」

何森に向かって一礼した店員は、何事もなかったようにレジを打ち直し、品物が残されたカゴを床に置いた。

「いや……困った客だな」

何森の言葉を受け、女性が笑みを浮かべたのがマスク越しに分かった。細い顎に切れ長の目。二十代ぐらいかと思ったが、間近で見るともう少し年上のようだった。

「慣れてますから」

短く答えて、品物をスキャンしていく。さりげなく名札に目をやった。

カタカナで「フオン」。ベトナム系かインドネシアの方か。名前と外見だけでは判断がつかない。

「ありがとうございました。またお越しくださいませ」

店員が深々と頭を下げる。

サッカー台に移動してから、次の客に応対している彼女のことを振り返った。

以前からこの店では多くの外国人が働いていたが、あれほど日本語と客あしらいのうまい外国人の店員を見るのは初めてだった。どういう資格での滞在なのだろう、と考える。

留学生でも週に二十八時間以内であれば「資格外活動」の許可を貰ってアルバイトができ、コンビニやファミレスなどで働いているのはこのケースが多い。とはいえ、この店ではコロナ禍になってから明らかに外国人店員の数が減っていた。政府による水際対策で入国が制限されていることもあるが、バイトのシフトが減らされているのが最大の要因だろう。

小売業は他の業種に比べれば感染拡大の影響は少ないと言われているが、人々の自粛生活が長く続いていることで客足も減っている。雇用人員を減らす際に、非正規、女性、外国人、といった弱い立場の者たちから対象になるのはいずこも同じなのだ。

加えて、先ほどの男のようにいまだ差別意識や偏見を抱く客も多い。異国暮らしのうえにパンデミック発生という不運も加わり、働きづらい環境になっているに違いなかった。

いや自分とて、と出口に向かいながら何森は思う。

先ほどの店員の毅然とした応対に「外国人とは思えない」と感心したが、そんな風に思ってしまうのもまた偏見なのかもしれない。

少し苦い思いを抱きながら、スーパーを後にした。

管内で起こった傷害事件についての捜査指示を受けたのは、数日後のことだった。

「私は会社の方へ向かうので、何森さんは病院で被害者からの聴取をお願いします」

伝えたのは、飯能《はんのう》署刑事課強行犯係の主任捜査員である荒井《あらい》みゆきだった。

年齢も勤務年数も何森の方がはるかに上で、階級は巡査部長と同じだったが、主任の肩書がついている分みゆきの方が立場が上になる。今年から係長になった臼井《うすい》は警察学校からの後輩で、何森のことを煙たがっているのか直接指示を下すことはなかった。

とはいえ、二人がこの件の担当になったのは、強行犯係の大半がひと月ほど前から連続して起きている強盗事件で出払っており、事件の報を受けた時に刑事部屋《でかべや》にいたのが連絡係として残っていたみゆきといまだ書類仕事が終わらない何森だけだった、という事情による。

市内の食品包装会社にて昨夜、同社の社員が技能実習生にナイフで刺された、という事案だった。幸い腹部に受けた傷はさほど深刻なものではなく、病院に搬送された社員男性はすでに縫合手術を終え、病室での事情聴取は可能らしい。

問題は、被疑者《マルヒ》と見られる女性が事件直後に逃亡を図っており、行方が分からないということだった。とりあえずは、何森が被害者《マルガイ》、みゆきが前後の状況を知る同社社員から、と分担して事情聴取をすることになった。

何森は言われた通り、飯能駅近くにある総合病院へと向かった。

外来の入口で検温とアルコール消毒を受け、中に入る。

密を避けるために厳格な予約制にしているのだろう、待合室はさほど混雑していなかった。みなマスクを着用し、言葉を交わす者もいない。

受付で名乗り、用件を告げ、被害者である桝田《ますだ》浩二《こうじ》の病室を教えてもらう。コロナ禍で面会制限中だったが、「捜査のため」と特別に許可を得た。

外科病棟は二階だった。ナースステーションから離れた四人部屋。「失礼します」と声を掛け、奥へと進む。

「桝田浩二さん、警察の者です。カーテン開けますがいいですか」

「あ、はい。どうぞ」

返事があったので仕切りのカーテンを開けた。

前開きの寝間着を着た三十代の男が、ベッドの上で何森を迎えた。半身を起こそうとするのを「そのままで」と制する。

「飯能署の何森といいます。少し話を聞かせてください」

警察手帳を提示し、脇にあった丸椅子を引き寄せ、座った。

「はあ」

桝田は当惑した表情をこちらに向けた。とんだ災難に遭ってしまった、という面持《おもも》ちだ。

「被害に遭った時の状況を、詳しく聞かせてください」

「はい……昨日の就業が終わってからのことだったんですけど、ホアが相談ごとがあるというので二人で休憩室で話をしていたんですが……」

桝田が話したところによると――。

加害者は、ベトナム人技能実習生のグエン・ホア。二十七歳女性。今年の春から自社の製造工場で技能実習生として働いているという。

桝田は工場のライン長で、直属の上司に当たる。技能実習生への指導も担当していたらしい。以前から悩み事や困ったことがあったら相談に乗っていたので、その日もそういうことだろうと疑問に思わず、仕事が終わり片づけを終えた後の十九時頃、休憩室に向かった。

最初は「仕事がつらい」「人間関係がうまくいかない」などの愚痴を聞いて桝田なりに意見していたのだが、段々相手が「ちゃんと話を聞いているのか」「何の対応もしてくれないのか」と怒り出し、しまいに桝田の「君だけを特別扱いできない」という言葉に突然激高し、果物ナイフを手にすると腹部に向かって突き出した――。

「とにかくびっくりしたのと痛いのとでパニックになってしまって。『救急車、一一九番！』って叫んだんですけど、いつの間にかホアは逃げてしまっていて……仕方なく自分で携帯を取り出して一一九番したんです」

「すぐ警察に通報しなかったのは？」

消防に通報があったのは昨日の十九時十八分。会社の人間もすぐに事実を知っただろう。しかし警察に被害届が出たのは今日の昼過ぎだった。すぐに一一〇番してくれれば被疑者の逃亡も防げたかもしれないのだ。

「それは私にはなんとも……会社側がまずは状況を確かめて、ということだったんじゃないでしょうか」

いささか歯切れが悪かった。社員同士のトラブル。しかも加害者は技能実習生。できれば表沙汰にしたくなかったのかもしれない。

しかし傷害罪は親告罪ではない。告訴がなくとも警察が事実を摑めば捜査、起訴へと進む。さらに技能実習生が失踪したとなれば監理団体に報告しなければならない。隠しきれないと被害届を出したのだろう。

「ナイフは、休憩室に前からあったもの？」

「……ええと、給湯室から持ってきたんだと思います……」

「激高した加害者が、いったん給湯室へ行き、ナイフを持って戻ってきたということ？」

「あー、給湯室っていっても休憩室の中にあるミニキッチンみたいなところで、すぐ近くなんで……」

現場の配置についてはみゆきが確認しているはずなので、それ以上は追及しなかった。

「加害者がナイフを取りに行ったキッカケですがね、具体的には桝田さんの何という言葉に激高したんです？」

「えーと、だから『君だけを特別扱いできない』っていうような……」

「できるだけ正確に。普段から加害者のことを名前ではなく『君』と呼んでいた？」

「あ、いや、そうじゃありません」

桝田は少し慌てた。

「名前で呼んでます。ホア、と。『ホアだけ特別扱いできないだろ』って言ったんだったかな……」

「グエンさん、ではなく、ホア、ですね？」

「あいや、それはみんなそうですから。私だけじゃありません。男女問わず、ベトナム人はみな名前です。同じ苗字が多いので」

「――昨夜以外にも、仕事の時間外に二人で会う、ということはあった？」

「時間外って言っても。実習生の悩み事を聞くのも仕事みたいなもんですから」

「加害者以外の実習生とも？」

「ええ、そうですね。他の何人ともそういうことはしています」

「そういう場合に休憩室を使うことは多いんですか」

「まあ、そうですね……ゆっくり話を聞ける場所というのは社内に、他にあまり……」

「外で、たとえば喫茶店とか、居酒屋とか、そういうところで話をすることはあまりないと」

「いや、ないことはないですけど……昨日の場合はまあ、あまり他の人に聞かれたくない話もあるのかと……そもそもホアの方から『休憩室で』って言ったんで」

「――分かりました。手術が終わったばかりのところ恐縮でした」

何森はメモ帳を閉じた。

「あ、いえ」

安堵の表情を浮かべた桝田だったが、

「とんだ災難でしたね、奥さんも心配されているでしょう」

と続いた何森の言葉に、顔が曇った。

「では今日はこの辺で。また何か訊きたいことがあればお邪魔することになりますが。どうぞお大事に」

桝田は、苦い表情で何森を見送った。

桝田に妻子がいるかどうかは未確認だったが、あの反応を見れば大体想像がつく。女に刺された、、、、、ことをどう妻に言い訳したのか。

おそらく今と同じような説明をしたのだろうが、何森とて腑に落ちない状況を妻がすんなり受け入れるとは思えなかった。


病院を出たところでみゆきに電話をすると、「聴取を終えて、これから寮の被疑者の部屋を見せてもらう」というので、合流することにした。

被害者と被疑者がともに勤務する株式会社藤輪《とうわ》産業は、コンビニで売っているようなサンドイッチやおにぎりに用いられる包装用パッケージの製造会社だ。昭和初期の創業で、現在の社長は三代目。従業員は二百名弱。技能実習生の採用実績は毎年一人か二人ほど。すべて工場でのライン業務のようだった。

調べてあった会社の概要をタクシーの中でおさらいしたところで、本社ビルの正面に着いた。

みゆきは、ロビーで待っていた。

「お疲れ様です。寮に行く前に現場を見ますか」

「その前に互いの情報を交換だ」

立場はみゆきの方が上とはいえ、実際の捜査については何森が主導することになるのはキャリア上、仕方がない。言葉遣いがぞんざいなのは何森の場合、相手の年齢や性別にかかわらずだ。

先に桝田から聞き取ったことを伝えてから、「そっちは」と促《うなが》す。

「はい。被害者《マルガイ》と被疑者《マルヒ》両方の同僚、上司に話を聞くことができました。あ、その前に。総務から被疑者の写真を借りてきました」

そう言ってみゆきは一葉の写真を差し出した。

会社のＩＤ用か、制服姿でかしこまって正面を向いている。肩まで伸びた黒い髪、大きな瞳が印象的だった。

みゆきが、メモ帳を開きながら話す。

「被疑者のグエン・ホアはベトナム出身の二十七歳。二年前の二〇一九年に技能実習生として来日し、県内の漬物製造メーカーで働いていましたが、コロナ禍で業績が悪化し会社が倒産してしまったそうです。監理団体のあっせんで藤輪産業に再雇用してもらうことになったということです。雇用開始は今年の四月です」

「被疑者の行方に心当たりのある者は」

「いません。一番知っていそうなのは一緒に雇用され、同部屋でもあるファム・リエンという女性の技能実習生ですが、知らないと言っています」

「動機についての心当たりは」

「これも一様に『分からない』ということです。被疑者については、性格は大人しく、怒ったところを見たことがないと口を揃えています」

「被害者についてはどうだ」

「勤務態度についてはおおむね評判は悪くありません。実習生についても親切丁寧に指導していたようです。ただ――」

「何だ?」

「これは同僚女性の一人なんですが、『気に入った女性技能実習生には特に親切だった』と皮肉混じりの言い方をしていまして。他の同僚も、その辺りを突っ込むと歯切れが悪くなる印象があります」

「被疑者と『特別な関係』だったのではないか、と?」

「まだはっきりとは言えませんが。動機に関係してくるような気がします」

「そうだな」

予断は禁物とはいえ、今回の事件は「痴情のもつれ」による可能性が大と何森も踏んでいた。

「では行きましょう」

二人で総務課に向かった。


二人の姿を見て、総務課員が立ち上がった。

「次は、寮ですね。じゃあリエンを呼んできます」

と言いながら出てくる。

「彼女の部屋でもあるので、一応立ち会ってもらいます」

「待っている間、もう一度休憩室を拝見してもいいですか。場所は分かっているので」

総務課員に断って、廊下を歩いた。

男女共用という休憩室は、中ぐらいの会議室ほどのスペースだった。ミニテーブルが四つあり、両サイドに背もたれのないソファが置かれている。壁際には飲み物の自動販売機も設置されていた。

今も五名ほどの社員が座っており、何森たちの姿を見て好奇心に満ちた視線を向けてくる。

「『給湯室』はこっちです」

みゆきが案内する。部屋の奥に、流しとガスコンロ台が置かれたスペースがあった。

「凶器は残されていませんでした。常備していたナイフはそのままだということですが、社員が持ち込んだものもあるそうなので、それを使って持ち去ったという可能性もあります」

もちろん、被疑者があらかじめ用意していた可能性も、だ。

そこに、総務課員が「お待たせしました」と現れた。

「ホアと同部屋のファム・リエンです」

作業着を着た痩身《そうしん》のベトナム人女性が、小さく頭を下げた。

「先ほどはお話を聞かせてくれてありがとうございました」みゆきも一礼する。「お仕事中、さらにご迷惑でしょうけど、少しだけお部屋を見せてください」

総務課員が通訳をするのかと待ったが、そういうことはなく、リエンが小さな声で、

「ハイ」

と返してきた。

「じゃあご案内します」

総務課員が先頭に立って歩き出した。

寮に向かいながら、何森はリエンの様子を窺った。

終始俯《うつむ》き加減で、足取りも重い。同僚で同居人の女性が事件を起こし、警察にいろいろ訊かれているのだ。無理もなかった。

寮——といっても普通の木造アパートを借り上げたもの——は、会社から徒歩で五分ほどのところにあった。二階の２ＤＫの一室に、ホアとリエンの二人で暮らしているという。

外階段を上がり、二〇一号室の前に立った。

「開けて」

総務課員に促されたリエンが、鍵を出して染みのついたベニヤのドアを開ける。

「どうぞ」

玄関で靴を脱ぎ、上がった。

入ってすぐに四畳半ほどのダイニングキッチン。中古っぽいテーブルと椅子が三脚置かれている。左手にユニットバス。奥に二部屋。間仕切りの戸は閉まっていた。

「ホアの部屋は右です」

「開けてもらっていいですか」

総務課員が、戸を開ける。カーテンが閉められていて薄暗い。課員が部屋の灯りをつけた。

こちらも四畳半ほどの和室。奥にベッドが置かれ、右手に服が吊るされたハンガーラック。ローテーブルの上には小さなテレビが置かれている。整理されているというより、物が少なかった。

壁にコルクボードが吊るされていて、写真が何枚も貼ってあった。

故郷で撮った写真なのだろう。家族や友人と思《おぼ》しき人たちと一緒にホアが写っていた。どれも弾けるような笑顔で、みゆきから見せられた「証明写真」とは別人のようだった。

「事件後に被疑者が立ち寄った形跡は」

何森の問いに、みゆきが答える。

「先ほどリエンさんに訊きましたが、ない、と。服やバッグ、靴もそのままだそうです」

「金は」

「それについては分かりませんが、貴重品は常に持ち歩いていたと」

二人の会話を理解しているのかいないのか、リエンは無言だった。

彼女が本当のことを言っているという保証は一つもなかった。事件発生から丸一日が経っている。本人が立ち寄って、現金や通帳、身の回りのものを持っていった可能性は十分にある。

分かったのは、逃亡先についての手掛かりがまるでない、ということだけだった。

礼を言って、寮を後にする。リエンが安堵したように息をついたのが分かった。

道に出てから、みゆきと顔を見合わせる。

「さて、どこを当たる」

「まずは監理団体。こっちでの地縁・血縁がないか訊き出し、あればそこを」

「そうだな……」

「他にありますか」

何森の口調に何か感じたのか、みゆきが訊いた。

「――こういう場合の『駆け込み寺』みたいなところがあるはずだ」

「ああ」みゆきも思い当たったようだった。

「以前ニュースで見たことがありますね……。劣悪な労働環境に耐えかねて実習先から失踪したベトナム人の技能実習生を保護して、再就職をあっせんするような支援団体……。近くにそういうものがあるかどうかは知りませんが」

技能実習生が失踪した時点ですぐに在留資格を失うわけではないが、在留期限を越えてしまえば不法滞在になる。それを承知で匿《かくま》うような団体が、警察の捜査にこころよく協力するわけはないことは分かっていた。それでも、探りを入れて損はない。

「知り合いに聞いてみる」

「直接ですか？」

みゆきが不安な表情を見せた。

「いちいち上を通していたら遅くなる」

「そうですけど……」

勝手な行動に出て何森の立場がまた危うくならないかと案じているのだろう。

「大丈夫だ、大っぴらにはやらん。信頼できる奴に内々に聞くだけだ」

「――分かりました」

監理団体に向かうみゆきとはそこで別れ、何森は携帯電話を取り出した。

古くからの知り合いである組織犯罪対策課《そたい》の捜査員の番号を呼び出す。五回ほどコールの後、ようやく相手が出た。

「もしもし」

訝《いぶか》るような声が聞こえた。古川《ふるかわ》という後輩刑事だった。

「忙しいところ悪いな。ちょっと訊きたいことがあるんだが」

「何です？　手短に願います」

古川は迷惑そうな口調を隠さなかったが、構わず尋ねた。

「管内に、逃亡した技能実習生を支援するような団体はあるか？　ベトナム人だ」

「ベトナムね……ありますけど、それが何か？」

「今抱えている事件《ヤマ》の被疑者がベトナム人なんだ。逃亡してる」

「なるほど……ちょっと待ってください」

相手が電話口から離れる。

外国人の不法滞在を取り締まるのは、基本的には出入国在留管理庁《にゅうかん》の担当になる。警察が関わるとすれば不法就労助長や偽造在留カードの売買が対象で、これらには暴力団が関わることが多いため、組対《そたい》の管轄になるのだった。

「メモの用意はいいですか」

古川が電話口に戻ってきた。

「『チャイカウ』というNPOです。住所は……」

古川の言う番地を書き留めた。

「すまんな」

「いいですよ。私の名前は出さないでくださいね。それじゃあ」

返事を待たず電話は切られた。教えてくれただけでも儲けものだ。

何森は、タクシーを止めるとメモに書かれた番地を告げた。

2

ＮＰＯの事務所は、隣接市街のはずれ、整体や行政書士事務所などが雑居しているビルの三階にあった。古いスチールドアに「チャイカウ」というプレートが貼られている。

チャイムを鳴らすと、しばらくして「はい」と小さく女性の声が返ってきた。

「飯能署の者ですが、少し伺いたいことが」

絶句するような間があった。いきなり警察がやってきたら大抵こういう反応になる。何か後ろ暗いものを抱えているとしたらなおさらだ。

しばらくして、「どういうご用件でしょうか」と、か細い声が返ってきた。

「中に入れていただけますか」

これには答えは返ってこなかった。代わりに内鍵を開ける音がして、ドアが開いた。

立っていたのは、三十歳前後の女性だった。ジーンズに生成《きな》りのシャツ、というラフな恰好だ。

「すみません、今みな出払っていて私だけで……」

困惑の表情で何森を招き入れる。

「少しお話を伺うだけですから」

ドアを閉め、部屋を見回した。

五坪ほどのスペースにスチールの机が二つ。右の仕切りの奥は応接スペースか。あとはキッチンにトイレ。長期間人を匿うようなスペースは見当たらなかった。

「どういうご用件でしょうか」

女性は不安そうな顔で繰り返す。

「こちらはベトナム人の技能実習生の支援活動をしている団体とお聞きしましたが、間違いないですか」

女性は少し思案してから、おもむろに机の上にあった薄い冊子を取り上げ、それを差し出した。

「私どもの活動についてはこのパンフレットに書いてあります」

受け取り、目を落とす。

表紙にはＮＰＯの名と、空港で撮ったと思しきベトナム人の若者たちの集合写真が載っていた。みなマスクをしているからコロナ禍以降のものだろう。

パラパラとめくってみる。「オンライン日本語講座」「医療相談」「ベトナムの歴史を知ろう！」などの文字が読めた。

再び女性に顔を向ける。

「後でゆっくり読ませてもらいますが、昨夜か今日、実習先から逃げ出した女性が訪ねてきませんでしたか」

女性が目を見開いた。そして慌てたように首を振る。

「いえ、来ていません」

「おたくでは、実習先から逃亡してきた技能実習生の支援もしますね」

「……活動内容はそこに書いてある通りです」

余計な言質《げんち》はとられないようにしているのか、慎重な対応だった。

何森は、改めて名刺を出した。

「遅れましたが飯能署の何森です」

「かないしといいます。すみません名刺は持ち合わせていなくて」

「かないしは、お金の金にストーンの石ですか」

「はい」

受け取った名刺に目を落とした金石が、「強行犯係……」と呟いた。

「グエン・ホアという技能実習生についての情報が何か入ったら必ず知らせてください。二十七歳のベトナム人女性です」

金石が顔を上げて、初めて何森のことを正面から見る。

「その女性が何か？」

「実習先から逃亡しました」

「それで警察が？」

それだけで警察が捜査などしないことを知っているのだろう。明らかな不審顔だった。

「とにかく必ず私まで連絡を。お邪魔しました」

返事を待たずに、踵《きびす》を返した。


雑居ビルを出たところで携帯を取り出す。当ては、もう一件あった。

こちらは、二回のコールで出る。

「間宮《まみや》です。ご無沙汰しております」

名乗らず、言った。

「また出世したらしいな」

昨年まで埼玉県警本部刑事課捜査一課管理官だった間宮紳一朗《しんいちろう》は、今年から古巣の警務部に戻り、人事課長に昇進していた。エリート中のエリートコースだ。

「嫌味はいいですよ」苦笑する気配があった。「今日はなんです？　厄介ごとは勘弁してくださいね」

返された皮肉は聞き流し、告げた。

「国際捜査課《こくそう》で誰か知ってる奴がいたら紹介してくれないか。特にベトナム人の逃亡幇助について詳しい奴」

「国際捜査課ですか……まあいないこともないですが、どんな事案ですか」

「技能実習生の女が勤務先の社員の男を刺して逃亡している」

「――なるほど。分かりました。向こうから電話させますよ。何森さんの番号教えていいですね」

「ああ、頼む」

「あ、ちょっと待ってください」

切ろうとしたが、間宮の声で電話口に戻った。

「なんだ」

「何森さん、今年度で定年ですよね」

「ああ」

民間企業では満六十歳となった誕生日をもって定年とするところがほとんどだが、警察は年度いっぱいまで勤め上げる。何森は来年の三月末日で定年を迎える。

「公務員の定年延長の話が出ているのはご存じですよね？」

「聞いてはいるが、再来年度からの話だろう」

国家公務員の定年は再来年度から段階的に六十五歳まで引き上げられるのが決まっていて、地方公務員についてもそれに準ずることになるとかいう話だった。いずれにしても今年度で定年の何森には関係ない。

「そうなんですが、それに当たって給料はだいぶ下がってしまいますが、本人の希望により今までいた職場で一年ごとの更新で最長五年まで延長できる再任用制度もあります」

そんな制度があるとは知らなかった。しかし、何森が「今までいた職場に居残る」などと言って歓迎する者は一人もいないだろう。

「もちろん別部署での再雇用や民間への再就職もお世話しますので、ご希望があればお聞かせください」

「希望はない。どこかで警備員でもやるさ」

「そうですか……ちょっと当てがあるので。その件は改めてご連絡いたします。では」

電話は切れた。

再就職の当て？　間宮の残した言葉が気になった。

末端の一捜査員など、せいぜい交通安全センターが暴力団追放県民センターでも紹介してもらえれば御の字だ。嘱託の交番相談員として再雇用される場合もあるが、何森にその気はなかった。

間宮が余計な世話を焼かなければいいが……。

だが、今はそれよりも、国捜の誰かを紹介してもらえそうなことの方がありがたかった。

外国人犯罪の捜査をする部署としては公安の外事課もあるが、県警本部の刑事部組織対策犯罪局の中にも国際捜査課というものがあった。海外への逃亡幇助など、国際的な犯罪組織についてはは所轄の組対より詳しいと言える。

とは言え、すぐに連絡があるわけもない。いったん署に戻ることにした。

捜査報告書を書く前にみゆきと情報の共有をしたが、互いに何の収穫もなかった。

何森の方の「チャイカウ」もだが、監理団体の方もグエン・ホアの逃亡先、潜伏先については「全く心当たりがない」ということだった。

元より日本に地縁も血縁もなく、「知り合い」と言えば実習先で知り合った者に限られる。やはり最もホアのことを知るのは、共に日本にやってきた実習仲間のファム・リエンということになる。

こうなったらファム・リエンを問い詰めるしかない――何森がそう口にするのに先んじて、

「リエンの聴取については、係長の許可を得ました」

みゆきが告げた。

「ベトナム語の通訳も申請したのですが、『日本語通じるんだろ』と言われてしまって……」

部屋に案内してもらった時にも、同行した総務課員は、通訳は必要ないという態度だった。

技能実習生はみなある程度日本語を勉強してから来日していると聞いてはいたが、日常会話だったらともかく、こみいった質問になれば母国語でなければ理解が難しいのではないか。

そこを気にするのは、みゆきだからこそだろう。彼女の夫は、手話通訳士だった。

「個人的に当たってみようとは思いますが、ベトナム語となると……」

みゆきは思案顔になった。

ベトナム語の通訳となると県警指定の通訳人の類は不足しており、民間の「部外通訳人」も各署で取り合いだ。通訳料にしても、臼井の許可が下りないならばポケットマネーから出すしかない。

　いざとなれば何森は自分が持つつもりではあったが、それ以前にベトナム語に堪能な者を探し出すことの方が難題だった。


　その日の仕事帰り、何森はいつものスーパーに寄った。レジにはかなりの客が並んでいる。今日は止めようかと迷ったが、ビールもコーヒー豆も切らしている。仕方なくカゴを手に取った。

　缶ビールを数本カゴに放り込み、コーヒー類の売り場へと移動する。棚を見ると、いつも買っている豆種のところだけ空《から》だった。

　売り切れか、品出しが遅れているのか。物色しているところに店員が通りかかったので「ちょっといいかな」と呼び止めた。

「はい」

　立ち止まったのは、いつかの東南アジア系の女性店員だった。名札を見て確認する。そう、「フオン」だ。豆の種類まで分かるだろうかと逡巡したが、

「コロンビアのエメラルドマウンテンという豆なんだが、品切れかな」

と尋ねた。

　フオンはすぐに「エメラルドマウンテンでしたら……」と反応した。しかし、何森が見ていた棚が空なのに気づき、首を傾げる。

「少々お待ちください。確認してまいります」

　そう言って踵を返す。全ての店員がコーヒー豆の棚位置まで把握しているのだろうか。だとし

たら大した従業員教育だと感心しながら待っていると、フオンはすぐに戻って来た。

「申し訳ありません。在庫切れのようです。明日には入ってくるということです」

「分かった。わざわざすまなかった。明日、また来る」

「ご来店をお待ちしております」

ふと、思いついた。

一礼した彼女が頭を上げるのを待って、尋ねた。

「失礼だが、あなたのお国はどこかな」

「——ベトナムです」

やはり、そうか。

「日本へ来てどれくらいに？」

「十年になります」

たった十年でこれほど「外国語」が上達するものなのか。それとも彼女の言語能力が並外れているのか。

フオンは、まだ何か？　というような表情で何森のことを見ていた。

断られて元々、と思って口にした。

「通訳のアルバイトをしてみる気はないか」

3

翌日から、別班の捜査員を何人か回してもらえることになった。ある程度機動力が使えることになったため、手分けして被疑者が潜伏していそうな場所——管内のビジネスホテルやカプセルホテル、サウナ、インターネットカフェなどを当たった。駅やコンビニなど立ち寄りそうな場所の防犯カメラもできるだけチェックした。しかし、どこにもその姿を発見することはできなかった。

タクシー会社に当たってみても、事件の後、該当する年恰好の女性を乗せたという記録はなかった。駅の防犯カメラにも映っていないということは、徒歩で移動している可能性が高い。だとすればさほど遠くには行っていないはずだ——。

一刻も早くリエンに再聴取しなければならなかったが、総務を通じて都合を尋ねたところ、「体調不良で仕事を休んでいる」という返事が戻ってきた。

「事件のショックも影響していると思うので、こちらとしても無理は言えません」

そう言われてしまえば、正式な参考人でもない以上、無理強いもできない。

とりあえず他の交友関係を洗うため、みゆきとともに藤輪産業の社員たちへの聞き込みに向かう途中で、何森はフオンの件を切り出した。

「……知り合ったばかりの方に、事情聴取の通訳を?」

何森の提案に、みゆきはあまりいい顔をしなかった。

「ベトナム人で、日本語は達者だ。謝礼の額についても話した。問題ないそうだ」

昨日、何森の突然の「頼みごと」にフオンは少し驚いた表情を見せたものの、「時間さえ都合がつけば引き受けます」と答えたのだ。

「経験はなくとも、同国人であることの方が通訳としては適してるんじゃないか?」

「そうですね……」

思案顔になったみゆきだったが、やがて「分かりました」と顔を上げた。

「聴取が決まったらその方に頼んでみてください」

「分かった。部外通訳人の登録については、俺が後で手続きしておく」

「……でも、意外ですね」

「うん？」

「何森さんが、見ず知らずの女性に声を掛けるなんて」

「いや――仕事のことだ」

「そうですね。……すみません余計なことを言いました。それでは、行きましょうか」

そう言ってみゆきは藤輪産業ビルの中へと入って行く。

そう、仕事のことだ。胸の内でもう一度呟き、みゆきの後を追った。


何森の携帯が未登録の番号を表示したのは、会議室で桝田の同僚女性から再度ホアとの日ごろの関係について尋ねている時だった。

「すまん、ちょっとはずしていいか」

聴取はみゆきに任せて問題ないと判断し、何森は着信を優先した。

部屋を出て通話ボタンを押すと、「何森さんですか」と聞き覚えのない男の声が聞こえた。

「そうだ」

「間宮さんからこの番号をお聞きしました。本部国捜の佐々木《ささき》といいます」

「ああ、忙しいのに悪いな」

「いえ。何かお役に立てることがあれば」

事情を手短に話す。

「ベトナム人の技能実習生が社員を刺して失踪した。女だ。被害者は男で、傷は軽い。逃亡幇助しそうな組織に心当たりはあるか」

「まあいくつかありますが……刺した事情は？」

「それはまだ分からんが……痴情のもつれの可能性が高い」

「なるほど……そうなると少しやっかいですね」

「そうなのか」

「失踪といってもいろいろで。劣悪な労働環境や事前に聞いていた条件と全く違う、あるいはセクハラやパワハラを受けたなど雇用側に問題がある場合は、逃亡後に支援団体が間に入って監理団体と交渉し、別の企業で再雇用してもらうケースもあるんです。しかしインフォーマルなブローカーなどの仲介で在留期限が切れているのに別の仕事に就いたり、偽造ＩＤなどを使用した場合は不法就労者となります」

そこまでは何森にも分かる。

「前者の場合は労基署や支援団体、後者の場合でもブローカールート、とそれぞれたどる手段はあるんですが、失踪の原因が男女間のもつれや罪を犯して逃げた場合などは、両者とも対応に困りますから引き受けないところが多いんです」

「なるほど。別のルートが？」

「――これ以上は電話ではなんなので、会ってお話ししませんか。少しは店で飲むこともできるようになったことですし」

佐々木の口調が、少しくだけた。

「ああ」

「今日の六時頃なんてどうです。北浦和《きたうらわ》にリーズナブルでうまい寿司を食わせる店があるんですけど。予約は私の方でしますので」

「……分かった、頼む」

電話を切った。本部の国捜が言う「リーズナブル」がどれほどの値段を指すのか。財布の中身は心細かった。六時までにＡＴＭで金を下ろさなければと思いながら携帯を仕舞った。

部屋に戻ろうとすると、聴取を終えたらしい女性社員が出てくるところだった。

入れ替わりに部屋へと入り、みゆきに声を掛けた。

「悪かったな。本部の国捜から情報を得られそうだ」

「そうですか。こちらも、今の聴取でちょっと気になる話が出ました」

「なんだ」

みゆきの隣に腰かける。

「もしかしたら、ホアは妊娠していたのではないか、というんです」

「妊娠？」

「ええ。もちろん直接聞いたわけではないし確証はないということですが……女性同士だと、食べる物の変化や服装、体の使い方などで何となく分かるということもあるので」

「そうなのか」

その辺りは何森には全く分からない。だがすぐにその可能性に思い当たる。

「父親は桝田だと？」

「いえ、そういうわけではなく」みゆきは首を振った。

「というか、桝田はむしろホアからは嫌われていたのではないか、というんです」

「嫌われていた？」

「ええ、桝田は、以前に技能実習生の女性に手を出したことがあったらしく、それをホアやリエンも知っていて、仕事以外では桝田のことを警戒していたらしいんです。だからそのホアが、仕事が終わってから桝田と休憩室で二人きりでいたということをずいぶん不思議がっていました」

「なるほど……」

話が複雑になってきた。単純な「痴情のもつれ」ではないのかもしれない。

やはりリエンに当たる必要がある。

今すぐは無理だとしたら、その前にもう一件。

「『チャイカウ』に正面から当たってみましょう」

みゆきも、同じことを考えていた。


前回も訪ねた雑居ビルの三階。何森とみゆきを迎えたのは、金石ともう一人、四十歳前後に見える口ヒゲをたくわえたジャケット姿の男だった。

みゆきが、警察手帳を提示した上で、「飯能署刑事課の荒井と言います」と告げる。

「こちらは何森刑事」

何森は小さく肯《うなず》きだけを向けた。

「代表の宗像《むなかた》です。こちらにどうぞ」

前回と違い、仕切りの奥にあった応接スペースに促される。

「お忙しいところ、恐縮です」

向かい合ってすぐにみゆきが切り出す。

「電話でも申し上げましたが、今日お伺いしたのは、実習先から失踪したグエン・ホアというベトナム人の件です。先日起きた傷害事件について、容疑がかかっています。当該女性の居場所についてご存じありませんか」

そこまで単刀直入に訊かれるとは思っていなかったのか、宗像は一瞬たじろいだ表情を見せた。だがすぐに平静に戻り、

「その女性ですが、実は一昨日《おととい》の晩、うちを訪ねてきました」

と答えた。

みゆきの表情が変わったのを見て、慌てて付け加える。

「ですが、今はどこにいるか知りません」

本当か。そう追及したいところだったが、みゆきが質問を続けた。

「一昨日の、何時頃ですか」

「午後八時過ぎだったと思います」

事件から一時間も経っていない。会社からここまで、女性の足で三十分ぐらいか。

やはりホアは真っ先に「チャイカウ」に保護を求めたのだ。

「なんと言って訪ねてきたのですか」

「実習先でセクハラに遭い、耐え切れずに逃げてきた、匿ってくれないかということでした」

「一人ですか」

「はい」

「荷物などは」

「小ぶりのバッグを一つ。とりあえず身の回りの物だけ入れてきたという感じで、着替えも持っていませんでした」

「なぜ警察に届けなかったのですか。その時でなくとも、何森刑事がこちらに伺った際に」

みゆきの視線にとらえられ、金石は身をすくめた。

「金石に責任はありません。そちらの刑事さんも『事件』というようなことは言っていなかったということですし。雇用側に問題があるケースだと判断して、まずは休息してもらい、事情を詳しく聞いたところで労基と監理団体に連絡して今後のことを相談しようとしていたところで……」

「彼女をどこに匿ってたんですか？」

「うちでシェルターとして利用している部屋に泊めました」

「いつまでそこに？」

「昨日の晩までは間違いなく。今日の午前中に部屋に行ったところ、いなくなっていました」

みゆきが小さく唇をかんだ。

「事件のことは、いつ、誰から？」

「ホアさん自身から、昨夜」

「それでも匿っていたわけですね？」

「ホアさんを説得していたんです。事情はともあれ罪を犯したのであればうちでは匿うことはできない。出頭した上で弁護士などはうちの方で手配するから、と」

「彼女は従わなかった？」

「ええ。悪いことはしていない、警察には行きたくない、と言うばかりで。それでうちの方も困ってしまって……」

「結局、逃がした、と?」

「いえ、それは違います」

宗像はきっぱりと言った。

「やはり出頭すべきだとさらに説得を続けようとしたところ、いなくなってしまったんです」

「何か言っていませんでしたか。もしここがダメならどこへ行くとか、身を寄せる当てがあるとか」

「いえ。何も」

「本当ですか」

「本当です……刑事さん」宗像が訴えかけるように言った。

「私たちは確かにベトナム人留学生や技能実習生などを支援しています。ですが、あくまで彼らが不当な扱いを受けた場合に限られます。違法行為にまで手を貸すことはありません。彼女のことは、私たちも心配しているんです。今、どこでどうしているのか……」

「チャイカウ」の事務所を出てから、何森とみゆきは向き合った。

「どう思う?」

「嘘を言っているようには見えませんでしたが……なぜ昨日のうちに伝えてくれなかったのか……」

みゆきが悔しそうに言った。

チャイカウ側としても密告のようなことはしたくなかったのだろう。本人を説得して自ら出頭させる、それを優先したことは責められない。犯人蔵匿罪《ぞうとくざい》に問うことにも無理があった。

「一からやり直しですね」

みゆきの言葉に、肯くしかなかった。


その日の午後六時。指示通りの店に赴《おもむ》くと、カウンターにスーツ姿の小柄な男の姿があった。外見などは聞いていなかったが、同業者はなんとなく分かる。向こうも近づいてくる何森の姿にすぐに気づき、

「どうも、先にやってます」

と生ビールのジョッキを掲げてみせた。

「遅れてすまない」

隣の席に腰を下ろし、おしぼりを差し出す店主に「ビール、瓶で」と告げた。

「佐々木です」

小さく頭を下げてくるのに「何森だ」と返す。

「お噂はかねがね」

どんな噂かは訊かなかった。いい噂のわけがない。

「私は刺身でやってますが、何か握ってもらいますか？　ここはなんでも美味《うま》いですよ」

「まずは話を聞かせてくれないか」

「——分かりました」

何森の態度を見て、佐々木も少し口調を改めた。

何森のビールがきて、手酌でグラスに注ぐのを待ってから、佐々木が尋ねる。

「まだ手掛かりは摑めてないんですね？」

「ああ。『チャイカウ』というNPOがいったんは匿っていたようなんだが、そこからも逃げたらしい」

「ああチャイカウね」

さすがに佐々木は知っていた。

「扱いに困ったんでしょう」

「やはり、そうか？」

「ええ、あそこが支援するのはあくまで雇用者側に問題があった場合に限られます。今回のケースは匿えば明らかに不法行為になりますからね。そこまでのリスクは負わんでしょう」

宗像が言っていたことと一致する。

「そうなるとお手上げか？」

「それが――実は最近」

佐々木は少し声を低くした。

「ちょっと特殊な支援組織が県内にできているという情報が入ってましてね。『クー・バン』という名らしいですが」

「特殊、というのは？」

「ええ」佐々木は勿体をつけるように一つ肯いてから、「少し握ってもらってもいいですか？」と訊いた。

「――ああ」

「すみませーん」店主に向かって声を上げる。「中トロとウニ」

「はいよ、中トロにウニね！」

何森の方に顔を戻し、「何森さんは？」

「日本酒をぬる燗で」

「日本酒ぬる燗に、生もう一つ」

「はいよ！」

「すみません、で、なんでしたっけ」

「特殊な支援組織の話だ」

「ああ。ええ、そうなんです。逃亡の理由は問わず、違法行為も厭《いと》わない、しかし対象は女性に限る、そういった組織らしいんです」

「女性に限る――」

「ええ。過激フェミ団体みたいなもんですかね。セクハラやパワハラ、それと妊娠したケース」

「妊娠？」

その単語に引っかかった。昼間、みゆきの口からも同じ言葉が出たばかりだ。

「ええ。そういう事情で逃亡した外国人女性を匿って、出産はもちろん、その後の再雇用まで面倒を見るそうです。医師や企業、法曹関係者や行政の内部にまで共鳴する人間がいて、裏で繋がっています。公安の外事課ですら正体を摑んでいないようです。組織の代表は日本人らしいですが、英語はもちろん、ベトナム語やフランス語も堪能だとか」

「ちょっと待て」

「組織」の存在以前に気になることがあった。

「妊娠するだけで逃亡するケースがあるのか？」

「ええ、あります」

佐々木は当たり前のように答えた。

「なぜだ。技能実習生は妊娠禁止か?」

「もちろんそんな決まりはありません。ですが実際は――何森さん、去年の熊本の事件を知りませんか?」

「熊本……」

「ベトナム人の技能実習生が妊娠を隠して死産してしまって、死体遺棄で逮捕された事案です。ちょっと待ってください」

佐々木はポケットからスマートフォンを取り出すと、何やら操作し始めた。しばらくして、

「これです」

と画面を何森の方に向かって見せる。

何かのニュース記事のようだったが、細かい字が見えない。

「もっと大きな字にならんか」

「ああ、なりますよ」

佐々木は器用に画面を拡大すると、再度こちらに向けた。

今度は読めた。新聞報道そのものではなく、その後の解説記事のようだった。


死体遺棄で起訴の技能実習生「妊娠ばれたら帰国」と思い込む

ベトナム人技能実習生のホー・ティ・トアさんを被告人とする刑事裁判の第一回公判が開かれた。トアさんは死体遺棄罪の容疑で起訴されたが、無罪を主張している。

トアさんは2018年に技能実習生としてベトナムから来日し、熊本県のミニトマトを栽培する農園で働いていた。2020年10月5日の午前中に自室で孤立出産をしたが、死産だった。

トアさんは出産後の痛みと混乱、子どもの死を知った悲しみの中で、部屋にあった段ボール箱にタオルを敷いて子どもの遺体を入れ、その箱を部屋の棚の上に置いた。そして子どもの名前を考え、手帳にその名前と生まれた日付、子どもへの謝罪と安らかにという祈りの言葉などを書き込み、箱の中に入れたという。

彼女が雇用主など誰にも妊娠を打ち明けられなかったことの背景には、そうすることで実習先から解雇され、帰国を迫られることへの不安があった。その後、警察はトアさんを死体遺棄罪で逮捕し、検察も同罪で起訴した。

読み終えて、佐々木に目を戻す。佐々木は運ばれてきた握りずしをパクついていた。

「裁判の結果は出てるのか？」

「――有罪判決です」口の中のものを飲み込んで、答える。「懲役八か月、執行猶予三年。被告人側は控訴していますが」

言葉がなかった。

この記事の内容が事実であれば、明らかに不当判決。いや、そもそも逮捕自体が不当ではないか？

何森の表情で察したのだろう、佐々木が、「おかしな話ですよね」と口にした。

「ですが、これが現実です。技能実習生が妊娠してしまった場合、産むことは許されない。どこにも行き場がなくなった女たちが頼れる場所……唯一の支援組織が、その『クー・バン』です。ベトナム語で『あなたを救う』」

「ちょっと待て」

思わず大きな声が出た。

「『産むことは許されない』そんな決まりはないんだよな?」

「ええ」佐々木は苦い顔で肯いた。「しかし現実は、技能実習生に対して妊娠を理由とする『強制帰国』は当たり前に行われています」

佐々木の説明によると――。

日本の法律は、国籍や在留資格にかかわらずすべての労働者に産休を取得する権利を認めている。しかし技能実習生に対しては、実際は全くといっていいほど適用されていない。実習先や母国の送り先機関はもちろん、監理団体の担当者さえも、「強制帰国」を黙認するどころか、それが嫌ならばと中絶薬を与えているところさえある。

「多くの女性は、泣く泣く堕胎を選択しているのが現状です」

佐々木は続けた。

「妊娠の事実を実習先に知られれば帰国させられてしまうと思った女性が、誰にも言えずに孤立出産したりするケースは他にもあります。熊本の事件は、その結果死産してしまい、さらに『死体遺棄罪』に問われてしまったという――まあ悲劇ですね」

ドン。

何森が拳をカウンターにたたきつけた音に、店主が驚いてこちらを見たのが分かった。

悲劇。そんな簡単な言葉で片づけていいのか。

何森の言いたいことが伝わったのだろう。佐々木も気まずい表情で目を逸《そ》らした。

あまりの理不尽さに怒りを抑えきれなかった。

同時に、もしも、と考える。

ホアが、同僚女性の言う通り「妊娠」していたら？

そしてそれを桝田が知ったとしたら？

就業後の「休憩室での相談事」はその件についてだったに違いない。

となれば、事件時の状況についての桝田の供述にも大きな疑問が生じる。

もう一度、桝田に事情聴取する必要があった。

いやその前にリエンだ。

ホアが本当に妊娠していたのかどうか。

彼女ならば、間違いなく知っている――。


聴取は、翌日の十九時から行われることになった。

正式な参考人ではないため署に出頭させるのではなく、リエンの仕事が終わってから寮で話を聞く形で。リエンもさすがに何日も仕事を休むわけにはいかなかったのだろう。仕事に復帰したタイミングで聴取を申し込めば、断る理由はなかった。

みゆきがリエンの部屋のドアをノックする。

何森の隣には、通訳を頼んだフオンが立っていた。

スーパーのユニフォームではない彼女を見るのは初めてだったが、無造作に後ろで束ねた髪に化粧気のない姿は、私服でもさほど印象は変わらなかった。

ドアが開き、リエンの姿が見えた。以前に会った時より少しやつれているように見える。「体調を崩した」というのはあながち嘘ではなかったのかもしれない。

「こんばんは」とみゆきが挨拶をする。「今日は無理を言ってすみません。どうぞよろしくお願いします」

みゆきの言葉をフォンが通訳する。「通訳の紹介は無用」と事前に彼女からは言われていた。

リエンの視線がフォンをとらえた。

同胞ということで安堵したのか、その顔が僅《わず》かにやわらいだように見えた。

彼女が発するベトナム語をフォンが通訳する。

「こんばんは。よろしくお願いします」

「ドウゾ」

これはリエンが日本語で言った。一礼して、三人は部屋に上がった。

「何もいりませんので、どうぞ座ってください」

フォンがベトナム語に通訳するのを聞いて、リエンは肯き、ダイニングテーブルの椅子に腰を下ろした。何森たちも向かいに座る。フォンは後ろに立つ形になった。

「お仕事でお疲れでしょうから、手短にすませます。ホアさんから、その後連絡はありませんか」

フォンの通訳を待って、リエンは首を振って何か答える。フォンがそれを日本語に訳して伝える。

「ありません」

「先日もお訊きしましたが、ホアさんが今、どこにいるか知りませんか」

再び首を振って、答える。フォンの通訳。

「ですけど」

「どこかいそうな場所、頼るような相手に、心当たりはありませんか」

これも同じ。「ありません」

「ホアさんには、日本での知り合い、友達がいましたか？　ベトナム人でも日本人でもいいのですけど」

「分かりません」

返事が早すぎる、と何森は思う。以前に同じことを訊かれているとはいえ、少なくとも三つ目の質問には普通であればもう少し考えるだろう。

同じ言葉ばかり繰り返すため、リエンがたびたび口にする「トイ　コン　ビェッ」というベトナム語が「分からない」「知らない」という意味だと察しがついてしまった。

みゆきが、改まったように言った。

「事件前のホアさんの健康状態についてお訊きしたいことがあります」

フオンの通訳を聞いたリエンの顔に、怪訝《けげん》な表情が浮かぶ。

「事件前、ホアさんは妊娠していたのではないか、という証言があります。事実だとしたら、同じ部屋で暮らしていたあなたが知らないはずはありません。お聞かせください、ホアさんは妊娠していましたか？」

フオンの発するベトナム語を聞いて、リエンの表情が変わった。

目を泳がせ、最後には俯き、小さな声で呟いた。

「トイ　コン　ビェッ」

通訳を待たずともその意味するところは分かる。

「知りません」

「そうですか」

みゆきは、一拍《いっぱく》間を置いた。そして、静かな口調で続ける。

「ホアさんをかばうあなたの気持ちは分かります。しかしこの点については、隠すことは彼女のためになりません。もしホアさんが妊娠していたのだとしたら。そしてそのことを被害者が知っていたのだとしたら。事件の背景は大きく変わってきます。動機についても。それによって、もしかしたら」

みゆきは、一瞬ためらった。捜査員として口にしていいかどうか迷ったのだろう。しかし意を決したように続けた。

「それによって、ホアさんの罪が軽減される可能性もあります。彼女を救うことになるかもしれないんです。本当のことを話してください」

フオンの通訳を聞いたリエンが、驚いたような表情になった。

真偽を問うようにみゆきのことを見る。みゆきが大きく肯きを返す。

リエンは、次にフオンの方に目をやった。助けを求めるように何か言いかけた彼女だったが、途中で口を閉じ、俯いた。

みゆきは、辛抱強くリエンが話すのを待った。やがてリエンが顔を上げ、口を開いた。

彼女の話すベトナム語を、フオンが日本語にする。

「おっしゃる通りです。ホアは妊娠していました」

4

寮を出た何森とみゆきは、桝田が入院する病院へ向かった。幸いまだ桝田は退院しておらず、聴取も可能ということだった。

リエンの供述で、ホアが妊娠五か月だったことが明らかになった。しかし、桝田の子ではないという。父親は、同郷のベトナム人。ともに技能実習生として来日し別の会社で働いていたが、ホアたちと同様にコロナ禍で解雇された。男の方は再雇用はかなわず、ベトナムに帰国したらしい。

以下、フオンの通訳のもとに行われたみゆきとリエンのやり取り——。

「妊娠したことは、その相手は知ってるの？」

「伝えていません」

「なぜ？」

「伝えればもちろん、ベトナムに帰ってきて産んでくれ、と言うでしょう。でもホアは今、帰るわけにいかないんです」

「お金の問題？」

「そうです。日本に来る際にした借金をまだ返しきっていません。それだけじゃなくて、そもそも彼女はベトナムにいる母親の病気の治療費を稼ぐために日本に来たんです。毎月決まった金額を仕送りしなければなりません。今、ベトナムに帰るわけにはいかないんです」

「一時帰国、ということはできないの？　里帰りして出産して、日本に戻ってきて働く、ということは」

「できません」

「じゃあ日本に残って、出産の前後だけ休職して、その後また働く、ということは？」

「できません。妊娠が知られた時点で強制帰国になりますから」

「そんな決まりはないわよね」

「決まりは知りませんけど、そう言われています。送り先団体からも監理団体からもそう言われました」

「桝田は妊娠のことを知っていたのね」

「はい。なぜかは分かりませんが、気づかれてしまったようです」

「それで、話し合いを？」

「話し合いじゃありません」

「じゃあ、何？」

「脅迫です」

「脅迫？」

「桝田は、妊娠のことを会社に黙っている代わりに、体の関係を要求したんです。もちろん彼女は拒否しましたが、桝田が無理矢理関係を持とうとしたんです」

「それで、桝田を？」

「お腹の子供にも危険が及ぶかもしれないと思い、どうしようもなく」

「ナイフは？」

「護身のために持参したものです」

以上が、リエンの供述――ホアから聞いたという「事実」だった。

これが本当であれば、事件の様相はまるで違うものになる。

悪くても過剰防衛、場合によっては正当防衛が適用される可能性もあった。

桝田に、確かめなければならない――。


聴取には素直に応じた桝田だったが、やはりリエンの言うことを認めようとはしなかった。

「体の関係を要求したなんてとんでもない。妊娠なんて知りませんでしたよ、本当なんですか」

わざとらしく驚いた表情で答える。

「あなたの同僚の女性も気づいていたようでした。一番身近にいて、気づかなかったんですか」

みゆきの追及にも、「気づきませんでしたねえ」と首を振る。「お腹も大きくなかったし、そんなの本人に言われなきゃ分かりませんよ」

「本人が言ってきたらどうしましたか。ホアさんが妊娠したと、そう言ってきたら」

「そりゃあ」

桝田が返答に詰まった。だがすぐに、

「まずは産婦人科を受診してもらって、本当に妊娠していると確かめられたら、上に言ってしかるべき手続きをとりますよ」

「解雇を？」

「いやそんな」

慌てたように顔の前で手を振る。

「詳しくは分かりませんが、たぶん、時間外労働の免除とか、軽作業へ変更とか、本人が望めばそういう措置をとることになると思います」

「出産は可能なんですか」

「まあそれはね、仕方ないでしょ。時期がきたら産休をとってもらって。一時金も出るだろうし、何とかなるんじゃないですか」

「その後はどうなりますか？」

「産休が終わったら、また戻って仕事してもらいますよ」

「子供は？　生まれたばかりの赤ん坊はどうなります？」

「どうって、それは通常の日本人の子持ちの従業員と同じですよ。子供を保育所に預けるかして」

「本当ですか？」

「本当ですよ。そう、決まってますから」

制度上ではそう決まっている。しかし――。


みゆきが電話で総務課員に尋ねたところ、ホアに限らず、過去、技能実習生から「妊娠」の報告を受けたことはないという。前例がない以上、本当にホアが妊娠してそれを告げた場合に、桝田が言ったような対応を受けられたかどうかは不明、というしかない。

そして、実際に「妊娠を理由に技能実習生を解雇し帰国させた」例は枚挙にいとまがない。その結果として、熊本のような事件が起きているのだ。

「いずれにしても、ホアを見つけ出して事実を確認しなければ始まりません」

みゆきが言った。

「リエンはああいっていますが、ホアと連絡をとっていないとは考えにくいです。携帯の履歴を調べる必要がありますね」

「そうだな……令状をとるのは難しそうだが」

「係長にかけあって、任意での提出を求めてみます。拒否はしないでしょう」

本来、携帯を押収するには差押えの令状をとる必要があったが、被疑者でもないリエンに令状が下りるかは微妙だった。とはいえみゆきの言う通り、法律の知識のない者が任意での提出を拒むこともあるまい。

「正式な参考人になれば通訳者も手配できると思います。フオンさんにはお世話になりましたが」

みゆきが申し訳なさそうに付け加える。

「ああ、分かった。伝えておく。通訳の謝礼の件もあるしな」

リエンの聴取が終わった後、部屋を出る何森たちに、フオンは「私は少し残ります」と告げた。

「リエンさんの精神状態が心配なので少し残ってフォローします」

そこまでの依頼はしていなかったが、ありがたい申し出ではあった。了承して、フオンを残して桝田のもとへと向かったのだ。

実は何森には、フオンがリエンから何か訊き出してくれてはいないか、という期待があった。同じベトナム人同士だ。リエンも気を許して何か話す可能性はある。ホアの居場所を教えるまではいかなくとも、何かヒントになる会話はあったのではないかと。

だが、そのことはみゆきには話さなかった。

通訳人の守秘義務について指摘されてはと思ったこともあるが、また「意外ですね」などと皮肉な声を掛けられたくない気持ちもあった。

みゆきと別れてから、フオンにメッセージを入れた。

〈今日は助かった。通訳の謝礼金を渡さなくてはならないので、明日、休憩中にでも少し時間をとってほしい。そっちに出向くので都合のいい時間と場所を指定してくれないか〉

しばらくして、フオンから返信があった。

〈分かりました。明日は二時から休憩です。駅ビルのカフェでいいですか〉

〈申し訳ない。では二時過ぎに〉


翌日の約束の時間、駅ビルのカフェに入ると、すでにフオンは来ていた。

「すまない、遅くなった」

「いえ、私もさっき来たところです」

注文を取りにきたウェイトレスに、「コーヒー」と告げる。

「何森さんはコーヒーがお好きなんですよね。ベトナムのコーヒーを飲んだことはありますか?」

フオンが訊いた。

「いや、まだない」

「美味《おい》しいので、是非試してみてください。市内にもベトナムコーヒーを出す店がありますので、ご紹介します」

「そうか、それは楽しみだな」

応えると、フオンは小さくほほ笑んだ。

「――昨日は助かった。少なくて申し訳ないが」

謝礼金の入った封筒を渡し、改めて礼を言う。

「あの後、リエンの様子は？」

「だいぶ落ち着きました。もう大丈夫でしょう」

「――何かホアについて話していなかったか。今、どこにいるとか」

「いえ、聞いていません」

「他に、事件のことは話さなかったか。俺たちに話した以外のことで何か」

「いえ。私の方も、事件のことにはなるべく触れないようにしていたので。出身はどこだとか、家族のこととか、共通の話題を見つけてたわいのない会話をしただけです」

「……そうか」

落胆はしたが、仕方がない。

ホアのことは分からなくとも、フオンにはいろいろ聞きたいことがあった。

在留十年にも及ぶのであれば、在日ベトナム人についての情報はホアやリエンたちよりも多く持っているに違いない。

「ベトナム人コミュニティについて、教えてくれないか。知っていることだけで構わない」

「そうですね……。政府公認のコミュニティとしては、ＶＡＩＪ――在日ベトナム人協会というものがあります。地域のベトナム人協会もいくつかあります」

「今回のような事件が起きた時に、保護してくれそうなところはあるか」

フオンはしばし考え込む。

「どうでしょうか……雇用先でのトラブルやパワハラの相談には乗ってくれるでしょうけど、犯罪を起こして逃げているとなると……弁護士を紹介してくれることはあっても、やはり警察に出頭するよう助言するしかないのでは」

「ネットはどうだ。ＳＮＳっていうのか。今はそういうやつの方が盛んじゃないのか」

「ベトナム人だけのフェイスブックグループがいくつかあります。中には何十万というフォロワーを持つグループコミュニティもありますが、犯罪についての対応は同じだと思います」

「そうだろうな……」

　念のために訊いてみることにした。

「『クー・バン』という組織を知っているか。俺の発音が悪いかもしれないが、ベトナム語で『あなたを救う』という意味らしい」

「cứu bạn. . .」

　フオンは、ベトナム語でその言葉を呟いた。だが何森のことを見ると、首を振った。

「いえ、知りません」

「そうか」

　言ってみれば犯罪組織だ。一般のベトナム人が知るはずもない、か。

　ふと、まだフオン自身のことを訊いていなかったことに気づいた。

「立ち入ったことを訊くようだが、君はどういう資格で日本に？」

「最初は留学です。卒業後に就労ビザに切り替えました。今は『特定活動』という資格で働いています」

「そうか。優秀なんだな」

「そんなことはありません」

　そう言ってフオンは目を細めた。出会ったあの時と同じ、マスク越しにも分かる控えめで柔らかなほほ笑み。

「技能実習生の実情についても聞きたかったんだが……その経験はないんだな」

「ありませんが、知り合いには大勢います。彼らのことは少しは分かります」

「じゃあ教えてくれ。技能実習生は来日するにあたって多額の借金を背負うと聞いているが、なぜそんな大金が必要なんだ」

「一番かかるのは、現地の送り出し機関に支払う手数料ですね。決まりでは三年契約の場合で三千六百ドル以下となっているはずですが、それを守っている仲介業者などいません。百万円近くの手数料が必要になることも多いです。それは大抵借金でまかなわれます。来日するベトナム人の技能実習生は、まず借金を返すことが先決になるんです」

「それでも来日するベトナム人が絶えないのは、借金を返してもなお、手元に残る金がベトナムで仕事をしているより多いから、ということか」

「ええ。借金を全額返済して、なおかつ何百万というお金を稼いだという成功体験を、広告や身近な人を通して見聞きしますから。実際に、帰国して家を建てたりする人もいます」

「なるほど」

「でも、お金だけじゃありません。ベトナム人はみな、日本が——日本人のことが好きなんです」

「好き?」

「はい。ベトナムはバイクが『国民の足』と言われるほどのバイク社会ですが、圧倒的に日本製が多いんです。バイクのことを『ホンダ』と呼ぶ人たちもいるぐらいです。家電や化粧品なども日本製品は高品質で信頼されているんです」

バイクについては盗犯係にいた時に聞いていた。一時はアジアへの輸出目的の窃盗が多発していた時期もあった。今はネット・オークションやフリマアプリが利用され、輸出先も掴みにくくなっている。

「日本は昔からODAなどの国際援助も多かったので、ベトナム人にとって助けてくれた国という印象が強いんです。それに今は、日本の漫画やアニメ、テレビドラマなども観られるようになっています。元々ベトナム人は、日本に親近感を抱いているんです。ベトナム人がコロナ収束後に行きたい国の一位は、今でも日本なんですよ」

「そうなのか……」

それなのに、と何森は後ろめたさを覚える。

技能実習生として来日した後、失踪するベトナム人が絶えないのはなぜだ。

より稼げる仕事へ、という者も中にはいるのだろうが、それだけではあるまい。

聞いた条件と異なる過酷な労働、劣悪な住環境、賃金の未払い、差別的扱い——。それらに耐えかねて逃げるベトナム人は、増すばかりだ。

以前観たニュース番組の中で、過重労働と低賃金のためベトナムへの帰国を決意したという女性がカメラに向かって、

『ベトナムに帰ることができて、とても嬉しいです』

と安堵の表情で語っていた場面があった。

彼らにそう言わせてしまっているのは、誰なのか——。

「ベトナム人は日本人のことが好きですけど、日本人はベトナム人のことを好きじゃないんです」

フオンが、穏やかな口調で言った。

「汚れ仕事やきつい仕事を代わりにやってくれる便利な存在、何を言っても何をしても文句を言わず、ニコニコと言うことに従う従順な存在。そう思って見下しているんです」

口調と裏腹に、中味は辛辣《しんらつ》だった。思わず彼女の顔を見つめる。

フオンは全く表情を変えずに、続けた。

「日本人は、ベトナム人のことを何も知りません。知ろうともしません。そもそも、心からの交流なんて初めから望んでないんです。同じ『人』としてみなしていないんです」


フオンの言葉に、何森はショックを受けていた。

そんな日本人ばかりじゃない、と否定したかったが、あなたも同じだ、と言われた気がした。

捜査するに当たって、被疑者であるベトナム人のことを、ベトナムのことを何も知らないじゃないか、と。

彼らのことを理解しないまま、真相など突き止められるはずがない。

知らなければ――。

インターネットを使えば簡単なのだろうが、スマホもパソコンも持たない身ではそれもできない。もちろん署に行けば使えるが、誰かにレクチャーを受けるのもしゃくだった。

フオンと別れた足で図書館に行き、片っ端からベトナム関係の本を借り、読み漁った。

ベトナムの文化、歴史。日本との関わり――。ベトナム戦争のことなど多少の知識はあったが、ほとんどは知らないことばかりだった。

古くは明治の頃から、日本とベトナムは親密な関わりがあったこと。日露戦争後、ベトナムの知識人らを中心に「日本に学べ」と留学する「東遊《ドンズー》運動」というものが盛んになった。

昭和初期の頃から日本語が教えられていたとの記述もあった。そしておよそ二十年前より国際交流基金の「ベトナム中等教育における日本語教育試行プロジェクト」が始まっている。

二〇二〇年五月の時点で、日本への留学生の数は約六万人。国別では中国に次ぐ二番目の多さだ。在日ベトナム人の数も増加傾向にあり、二〇二〇年末には四十四万八千人となり、韓国を抜いてこちらも中国に次いで二番目になっている。

ビザに関しても十五年以上前から相互免除を締結し、公用訪日者や短期訪越《ほうえつ》者はビザが免除されているらしい。ついでに、フオンが言っていた「留学生から就労ビザへの切り替え」についても調べてみた。

日本の大学や大学院を卒業した留学生がそのまま残って日本の企業に就職を希望する場合、在留資格を「技術・人文知識・国際業務」に変更するのが一般的らしい。

「高度人材」の在留資格で、理学、工学、自然科学の分野や、法律学や経済学、社会学といった専門的な知識がある活動が対象になる。

一方で、フオンの今の資格だという「特定活動」にはそこまでの専門性はいらない。飲食店の接客や製造業務など幅広い業務が対象になる。

ふと、疑問に思った。

「特定活動」が新設されたのは、二〇一九年五月のことだ。フオンは留学の資格で来日して十年になると言っていた。大学で四年。大学院まで進んだとしたら、修士で二年、博士までいけばさらに二年。そこまで更新するのは容易なことではなかっただろう。苦労して卒業したのに、選んだ仕事が「高度人材」ではなく「特定活動」のスーパーの店員、というのも妙な話だった。

にわか知識による思い違いはあるかもしれない。フオンが詳しい説明をはしょった可能性もある。

念のため、次に会った時に確かめてみよう。そう思った。

「どこへ行ってたんですか」

図書館から署に戻ると、みゆきが険しい顔で待っていた。

「ちょっと調べものだ。何かあったのか」

「リエンから、携帯の提出を拒否されました」

「拒否？」

思わずオウム返しにしてしまう。それほど意外だった。

「理由は」

「言いません。『任意だったら拒否することもできるはず』と通訳を通じて」

ますます不可解だった。

「誰かから余計な入れ知恵をされたのかもしれません」

強い口調に、みゆきの方へ顔を向けた。

「会社の総務とか専属弁護士という可能性もありますが、藤輪産業自体が捜査に非協力的な態度をとるとも思えません」

「そうだな……」

確かに会社が捜査を妨害するようなことは考えにくい。他の「誰か」……。

「フオンのことを言ってるのか」

何森の問いを肯定も否定もせず、みゆきは言葉を返した。

「彼女、あの後リエンの部屋に残ると言っていましたよね」

「ああ」

「何を話したんでしょう。あの後、彼女と話しましたか」

「いや……まだだ」

つい、そう答えてしまった。フオンがそんな入れ知恵をする理由がない。

「分かった。念のため確かめてみる」

何でもない口調で、そう答えた。


「――いない？」

「はい」

目の前の若い男性店員が、当たり前のように答える。

メッセージに返信がなかったため、直接スーパーまでやってきた。店内にも姿が見当たらなかったので、通りかかった店員に彼女の名を出して尋ねたのだった。

「今日は休みということか？」

「いえ」若い男性店員が、少し困った顔になった。

「フオンという名のベトナム人の女性店員は、当店におりません」

「いや」

何を言っている。思わず苦笑が浮かんだ。

「いないはずはない。ここで二度も会っているし、名札もつけていた。辞めたとか店を移ったというなら分かるが、端《はな》からいないなんてことはないんだ」

「そう言われましても……」

「どうしたの？」

通りかかった年かさの女性店員が声を掛けてきた。

「いえ、こちらのお客様が」

男性店員が事情を説明する。

「ああ」

女性店員が、合点した表情になった。

「村山《むらやま》君、知らなかったのね」

その言葉に安堵した。やはりこの店員が知らなかっただけなのだ。

「本社の南野理恵《みなみのりえ》さんのことよ。幹部研修で来てたでしょ。フオンっていうのは彼女のベトナム名」

「ああ、親がベトナムから帰化したとかって――」

「ちょっと」

女性店員が咎めるようにして、何森の方を向いた。

「南野さんは本社から一週間の研修で来ていた方なので、もうこちらには来ません。彼女が何か」

言葉が出なかった。

「――いや、なんでもない」

彼らから離れ、足早に出口に向かう。

本社？　南野理恵？　幹部研修……？　一体なんの話だ？

店を出てから、もっと詳しく話を聞けばよかったと後悔したが、今さら戻る気にはなれなかった。

それに、聞いたとしても同じことだ。今の話で、十分だ。

彼女は、アルバイトの店員などではなく、本社勤務の社員だったのだ。しかも、幹部社員。

――親がベトナムから帰化したとかって。

彼女の日本語のうまさを思えば、その可能性を考えるべきだった。

ベトナムについて調べたばかりだったが、フオンの親の世代と言えば思い当たることがある。

ボートピープル。

紛争や圧政から逃れ、漁船などの小船に乗って難民として外国へ逃げ出した人々。一九七〇年代後半から八〇年代にかけてインドシナ難民――ベトナム・ラオス・カンボジアでの迫害から逃れてきた者たち――の日本への漂着数が一気に増加し、何森も学生時代、さんざんニュースで流れるのを見ていた。

親が日本に帰化してから生まれたのだとしたら、出生時から日本国籍。いや、「日本人」なのだ。日本語がうまいのも客あしらいが慣れているのも、当然だった。

――優秀なんだな。

何森の言葉に控えめな笑みを浮かべたのは、なんだったのか。

なぜだ。

何森は何度もそう問わずにはいられない。

なぜフオンは、自分にあんな嘘をついたのだ――。

国捜の佐々木から電話があったのは、翌日のことだった。

「上尾《あげお》で今日、在留カード偽造でブローカーが摘発されたんですが、発注客の中にお探しの女らしき名前がありました」

「グエン・ホアが？　上尾に？」

「本人がこっちにいたかどうかは分かりません。どうやら例の『クー・バン』の手配らしいです」

やはり。クー・バンがホアを保護していたのか。

「――それで、ホアの偽造IDは追えるのか？」

「いやそれが不明でして。クー・バンの正体も依然、掴めません。ブローカーもメッセージしか交わしておらず、端末や金の流れからも足が付かないようになってて……」

「そうか……」

「何か分かったら連絡しますが、ホアというベトナム人も、今までと同じように別人としてどこかで出産させるんでしょう。さらに住まいも仕事も手配する。ある程度の金がたまったら帰国の面倒までみるんでしょう。それが、クー・バンのやり方です」

佐々木は半ば感心したような口調で言った。

「分かった。また何か分かったら教えてくれ」

電話を切り、携帯を再操作する。

「荒井です」

みゆきは、すぐに電話に出た。

こちらから話し出す前に、彼女の方が興奮気味に口にした。

「思いがけず令状がとれました。リエンの携帯を押収して、履歴を解析したところです」

朗報だった。

「よくやった。それで？」

「やはり事件後、ホアと何度も連絡をとっています。『チャイカウ』とも」

そこまでは想定内だ。

「他に連絡をとっていたところはないか」

「あります。二日前から、身元不明の番号と何度もやり取りしています」

それだ――「クー・バン」。

「今、照会をかけています。身元が分かったらすぐに連絡がくることになっています」

「念のために番号を教えてくれ」

伝えられた十一桁の番号を手の甲にボールペンで書きつける。

ホアが最初に助けを求めたのはチャイカウだった。もし初めから彼女がクー・バンの存在を知っていたなら、最初からそっちを頼ったはずだ。

みゆきが言うには、リエンが「身元不明」の番号とやり取りを始めたのは二日前。おそらくホアも同じだろう。

それまではクー・バンの存在を知らなかったか、知っていても連絡先が分からなかったのだ。

なぜ、二日前になって連絡がとれたのか。

考えながら、何森は手の甲に書きつけた番号を携帯に登録する。

最後の数字を押し終わった瞬間、頭の中が真っ白になった。

……どういうことだ？

押し間違えたのか。もう一度、今度は焦らずに手の甲に書きつけた番号を一つ一つ押す。

同じだった。

未登録の番号として十一桁の数字が表示されるはずだったそこには、すでに登録してある名前が浮かんでいたのだ。

フオン。

そんなことがあるはずがない。

そう思うと同時に、様々な場面が、言葉が、フラッシュバックしていく。

――組織の代表は日本人らしいですが、英語はもちろん、ベトナム語やフランス語も堪能だとか。

――南野さんは本社から一週間の研修で来ていた方なので、もうこちらには来ません。

まさか、そんなはずが――。

――私は少し残ります。

――リエンさんの精神状態が心配なので少し残ってフォローします。

二日前――あの日、あの時に、リエンはクー・バンの存在を知ったのだ。

ホアとクー・バンを繋げたのは、他の誰でもない。

俺だ――。

いつからだ？　フオンは一体いつから俺のことを。

――ご迷惑をおかけしました。

スーパーでの出会い。あの時、彼女は見たのだ。自分が顔の横に掲げた警察手帳を。

フオンはあの後、どこかで事件のことを知った。しかしホアやリエンとは連絡がとれなかった。

相手も同じだ。助けようにも、互いに連絡先を知らなかったのだ。

だから、情報を得ようとした。警察から。自分から。

あえて接触を試みなくとも、間抜けな刑事の方から近づいてきてくれた。

――失礼だが、あなたのお国はどこかな。

――通訳のアルバイトをしてみる気はないか。

なぜおかしいと思わなかった？

――「クー・バン」という組織を知っているか。

――いえ、知りません。

自分の下手《へた》なベトナム語の発音を問い返しもしなかった。普通であれば、「どういう組織ですか？」と訊いてくるはずだ。

女だから？　だから油断したのか？

違う。それだけは断言できた。

女だからじゃない。

ベトナム人だったからだ。

善良な、弱い立場のベトナム人だから、警戒しなかったのだ――。

偏見だ。

俺には、彼女たちに対する差別心があった。だから、騙されたのだ。

コールが鳴っていた。

いつの間にか発信ボタンを押してしまっていたのだ。

二度、三度、四度。

彼女は、とらない。とるわけがない。

たとえとったとして、俺はフオンに何と言うのだ？

ホアを逮捕すると？　君も逮捕すると？　そしてどうなる？

ホアには正当防衛が認められるかもしれない。無罪か、あるいは軽い罪で済む可能性もある。

だがその後は？

子供はどうなる？　仕事は？　借金は？

――別人としてどこかで出産させるんでしょう。さらに住まいも仕事も手配する。ある程度の金がたまったら帰国の面倒までみるんでしょう。それが、クー・バンのやり方です。

――どこにも行き場がなくなった女たちが頼れる場所……唯一の支援組織が、そのクー・バンです。ベトナム語で「あなたを救う」。

そう、フオンだったら間違いなくホアを救える。

コールが鳴っている。

分からなかった。

何森にはもう、彼女に電話をとってほしいのかほしくないのか、分からなくなっていた。

永<small>エ</small>
<small>タ</small>
<small>ー</small>
<small>ナ</small>
<small>ル</small>
遠

1

管内のラブホテルから「部屋の中で客の男が血を流して倒れている」という一一〇番通報があったのは、秋の深まりを感じさせる冷ややかな風が吹くようになった、そんな夜のことだった。傷害事案に関する証言の裏取りで東京三多摩《さんたま》地区に出ていた何森稔《いずもりみのる》は、その一報を聞くのが遅れた。

現場であるホテル「ニューフォレスト」は、埼玉県飯能《はんのう》駅からほど近い国道を脇道に入ったところにある。駅から続く商店街のどん詰まりに位置し、周囲には飲み屋やカラオケ店に加え、コロナ禍で数は減ったがキャバクラやスナックなども点在する地域だった。

詳細を知らされぬまま何森が現着《げんちゃく》した時には、ホテルの周囲にはすでに規制線が張られ、地域課の警察官が野次馬たちを整理していた。「客の男」の死亡が確認され、「事件」として扱われていることがそれで分かった。

規制線の黄色いテープを越え、ホテルの薄暗いエントランスへと足を踏み入れる。県警本部《ほんぶ》の機動捜査《きそう》隊員たちや飯能署刑事課強行犯係及び鑑識課の捜査員たちが慌ただしく行きかっていた。誰も何森には見向きもしない。

現場である三〇四号室に向かおうとしたところで、エレベータから降りて来る荒井《あらい》みゆきと出くわした。

「あ、お疲れさまです」

高揚した面持《おもも》ちでエントランスへ向かおうとするみゆきを、「ちょっといいか」と呼び止めた。

狭いホテルの部屋はおそらく捜査員たちであふれ、今行っても遺体《ホトケ》の顔すら拝めないだろう。現場の見分は後回しにして、先に事件の概要を聞くことにした。

「殺人《コロシ》か」

「そのようです」みゆきは早口で続ける。「被害者《マルガイ》は六十代の男性。死因は鋭利な刃物で腹部を刺されたことによる失血死。凶器は見つかっていません」

「連《つ》れは」

ラブホテルに一人で滞在する者はいない。しかし通報したのは同伴者ではなく、ホテルの従業員だと聞いていた。

「チェックイン時は一人でしたが、二十一時五分過ぎに三〇四号室から飛び出してきた二十代から三十代の女性の姿が防犯カメラに記録されています」

「ニューフォレスト」は、近隣のデリバリーヘルスなどがよく利用するホテルとして知られている。「一人でのチェックイン」に加え「初老の男性と若い女」という組み合わせから、普通のカップルではなく「商売」での利用だと見当がついた。

「いいですか？　すみませんが急いでいて——」

行こうとするみゆきを、

「俺に伝えることで自分も内容を整理できる」

と引き留めた。

「発見時の状況は」

仕方なさそうにみゆきが続ける。

「女性が出て行くのを見た従業員が、部屋に電話をしたそうです。このホテルではカップルのうちどちらか一人が先に出る場合はフロントに連絡を入れるのが決まりだそうで」

ここに限らず、ラブホテルはトラブル防止のためどこもそういう決まりになっている。中には精算しないと内鍵が開かない仕組みのところもあるぐらいだ。

「電話しても出ず、チャイムを鳴らしても応答がないので合鍵で開けたところ、全裸の男が血を流して倒れているのを発見したと」

であれば女が逃げてからそう時間は経っていないはずだ。

「通報までの時間は」

「まずは救急車を呼んで――従業員は新人だったらしく上司から対応の指示を待ったりして、一一〇《マルデン》番通報までは二十分ほど時間を要したようです」

何森は胸の内で舌打ちをした。二十分もあれば現場からはかなり離れることができる。今頃同僚たちが周辺の聞き込みを行っているだろうが、車を使われてしまえば目撃者《マルモク》探しは徒労《とろう》に終わるだろう。

「金品窃取《せっしゅ》の形跡は」

「被害者の物と思われるズボンから財布がはみ出していましたが、中味は残っていました。二万二千円と小銭が少々」

それを聞いて、何森は眉をひそめた。

「商売」の途中で何らかのトラブルが生じた――大概は金銭をめぐってだ――と考えたのだが、財布に万単位の金が残っていたというのは不可解だった。

「被害者の身元は割れたのか」

「運転免許証を所持していました。高沢達志《たかざわたつし》。昭和三十年生まれ。現住所は市内北川《きたがわ》。今、当該人物を照会しているところですが写真からも本人と見て間違いないかと」

「携帯電話は」

「ありませんでした」

腑に落ちなかった。

犯人《ホシ》は十中八九、逃げた「若い女」だろう。

財布の金に手をつけなかったのはパニックになってそれどころではなくなったか。それにしては被害者の携帯電話を持ち去っている――元から携帯を所持していなかったとは考えにくい――一方で、身分証はそのまま。

計画的なのか突発的犯行か。犯行後に動転していたのか落ち着いていたのか、判断に迷う。

一見は単純に見える事案だが、もしかしたら解決には思いのほか時間がかかるかもしれない。

それが何森の第一印象だった。


事件を受け、飯能署に埼玉県警本部と合同の捜査本部が設けられた。戒名《かいみょう》と称される事件名は「飯能ラブホテル殺害事件」とされ、何森も刑事課強行犯係の一員としてその末席に加わった。

翌朝に開かれた第一回の捜査会議で、初動捜査により判明したことが報告される。

被害者の名は高沢達志。満六十六歳。新卒で入った都内の証券会社を定年で退職した後も嘱託として勤務していたが、三年前に辞め、現在は無職。

　妻とは十年前に離婚しており、子供も独立してこの十年ほどは一人暮らし。退職後も年金の他に株の売買で収入があったらしく、金銭的には不自由しない生活を送っていた。

「被害者《マルガイ》は、そのあり余った金と時間を若い女の子と遊ぶことに充てていたようです」

　自宅に残されていたパソコンの通信履歴を解析していた証拠《ブツ》品班の捜査員が、皮肉な口調で報告した。

「複数の出会い系やマッチングサイトに登録しており、ひんぱんにアクセスしています。ここからは、今回応援で入っていただいている生活安全課の方から説明してもらいます」

　ブツ担当の捜査員と入れ替わりに、生活安全《せいあん》課の佐川《さがわ》というベテラン捜査員が立ち上がった。

「殺人」は刑事課の管轄だが、署内に捜査本部《ちょうば》が立てば各部署から人員が派遣される。特に今回は「売春」がからんでいる可能性が高いとあって、当初から生安には協力を求めていた。

「こういったサイトにはいろいろあるのですが、被害者が利用していたのは主に『パパ活サイト』と言われるものです」

　佐川が落ち着いた態度で説明を始める。

「登録した女性からはたとえばこんなメッセージが発信されます」

　サイトの画面がモニターに表示された。

〈やさしいＰさん募集してます♥　大人ＯＫ。ホ別で４諭吉《ゆきち》希望ですＬＯＶＥ〉

「『Ｐ』はパパ。『大人』は性行為のこと。『ホ別』はホテル代別。『諭吉』は福沢諭吉——一万円札のことで、つまり『四万で売春する』という意味です」

　佐川の解説に、捜査員の中からため息とも唸りともつかない声が漏れた。

「重要参考人《じゅうさん》とはこのサイトで知り合ったということか」

捜査本部のトップである飯能署の署長が尋ねた。現場から逃亡した若い女は被疑者《マルヒ》の筆頭ではあったが、現時点ではまだ重要参考人の扱いだ。

「重参と同一人物であるかはまだ確定できませんが、事件前夜に『ＴＯＷＡ』という相手と知り合っています。トワと読むようです。こちらがプロフィール画面です」

自己紹介の画面がモニターに映し出される。顔写真は横を向いており、長い黒髪で隠されていることもあって表情はほとんど見えない。

〈20代前半　埼玉県住み　パパさん募集。生きがいはラッソン！　お茶1＋交通費　大人は3からお願いします〉

「このトワという女性に対し、被害者から〈明日夜、空《あ》いていれば会いたい〉というメッセージを送っており、最終的に合意にいたっています。当夜の連絡は携帯電話に移行したようです。被害者の携帯については電話会社が判明しましたので、位置情報の取得はできそうです。併せて、サイトの運営会社にトワの登録情報を照会中です」

「そのトワという相手が重参だとすると――被害者と売春目的で現場ホテルで落ち合い、事が済んでから、あるいは最中にトラブルになった、ということだな」

「その可能性が高いと判断できます」

「分からないのは、なぜ財布に金が残っていたかということですね」

県警本部から来ている管理官が横から言った。こちらは何森の知らない顔だった。

「ですなあ。端《はな》から殺して金を奪う目的だったら全部持っていきますわなあ」

二人のやり取りに、刑事課長が意見を述べた。

「支払いを巡って揉めて、金を取ろうと所持していた刃物で刺した――しかし慌てていて財布の中身がいくらか残ってしまった、ということはあり得ます」

「被害者の財布にいくら入っていたかは分かってるのか」

「そこは何とも。当日ＡＴＭで五万円を下ろしたことは確認されていますが、それ以前から財布に入っていた分もあるかもしれませんし、ホテルに入る前にいくらか使っている可能性も」

財布に残っていたのはおよそ二万。

仮に、当日下ろした五万だけが入っていたとしたら、なくなったのは三万だ。

何森は、モニターに映った「トワ」のプロフ画面にもう一度目をやった。

〈大人は3から〉

「いくらか残っていたにしても、犯人が金を盗った可能性は高いわな。本件はやはり強盗殺人の線で――」

「合意した対価だけを受け取ったのかもしれない」

呟きにしては大きすぎたようで、捜査員たちが一斉に何森の方へ顔を向けてくる。

「誰かなんか言ったか？」

署長が不機嫌な声を放つ。何森は今度ははっきりと口にした。

「仮に財布の中味から三万しか減っていなかったとしたら、正当な報酬を受け取っただけということになる。本件は傷害致死の可能性もあるのでは」

「何森さん、とおっしゃいましたか？」

監理官が苦笑いを浮かべながら言った。

「お噂はかねがね――しかし売春の代金を『正当な報酬』とは言わないんじゃないですか？」

捜査員たちからも失笑が漏れる。

「とにかく重参の行方を追うことが先決だ」

署長は何森を無視して言った。

「サイトの登録情報から身元は割れるな?」

佐川が、「はあ、そのはずですが」と曖昧《あいまい》な返事をする。

「できないのか?」

「こういったパパ活の書き込みを容認しているサイトは、会員の登録についてパーソナルデータの入力が必須でないところもあったりするので」

「そんな悪質サイトを規制してないのか」

「いえ、出会い系サイト規制法により、サイトの運営者には利用者が未成年ではないことを確認するのはもちろん、未成年者が異性交際を求める書き込みをしていた場合には削除することも義務付けられています。サイバーポリス活動によりネット上の売買春の勧誘に対する取り締まりも強化しています。ですがどうしても対象は未成年者中心になってしまって、成人に関してまで中中手が回らずで……」

「うーむ……」

苦い顔で腕を組んだ署長が、思い出したように口にした。

「そういえば、自己紹介の画面に変な文言があったな。もう一回映してくれ」

佐川が、「トワ」のプロフ画面を再度表示させる。

「この『ラッソン』ってのは何だ。これも何かの隠語か」

「それについては不明です。『パパ活』の隠語にはそう言った表現は見当たらず、検索してみましたが外国人の名前らしきものがいくつかヒットしたぐらいで」

「歌手とかタレントとかですか?」監理官が尋ねる。「ファンで——今は『推《お》し』っていうんでしたっけ、それが生きがい、ということ?」

「そういった活動をしている者の名は見当たりませんでしたが……引き続き調べてみます」

「報告は以上だな」

署長が「よし」と立ち上がった。

「目撃者探し、サイトへの照会と並行して、フリーを含めた近隣の派遣型売春業者にも当たるように。以上!」


捜査の班分けがされ、何森はみゆきと組んで地取《じど》り班の一員となった。

被害者の顔写真と防犯カメラからプリントアウトされたあまり鮮明ではない重参の写真を手に、現場周辺での——何森が「徒労に終わるだろう」と判断した——目撃者探しが担当だ。

「荒井は本部の人間と組むのが筋じゃないか」

班の配置を告げられた時、何森は係長の臼井《うすい》に異議を唱えたが、「上の指示です」と、にべもなく返された。

「今日の聞き込みが終わったら、自分で上に掛け合ってくるといい」

並んで署から出ながら、何森はみゆきに助言した。

捜査班のすべてが県警本部&所轄の組み合わせになるわけではないが、みゆきが異動してきてから合同捜査本部が立つような大きな事件は初めてのはずだ。それなのに同じ係の何森と組まされるのは道理に合わない。

「私は別に不満はありません」

みゆきは意に介した様子もなく答えた。

「上にも何か意図があるのでしょう」

意図——あるとしたら、課のお荷物である二人をまとめて末梢《まっしょう》な捜査に振り分けた、ということぐらいだ。

とにもかくにも与えられた任務はこなさなければならない。まずは現場からスタートすることにした。

立ち番を続ける警察官に「ご苦労さま」の声を掛け、二人はホテル「ニューフォレスト」の前に立った。

「被害者を刃物で刺して、ホシはホテルから飛び出してきた。自分ならどっちへ向かう」

左右を見回してから、みゆきが何森の方に顔を戻す。

「駅に向かうのは人目につきやすいです。やはり国道に出てタクシーを拾うのが一番かと」

「そうだな」

何森は肯《うなず》き、徒歩で国道へと向かった。みゆきも後に続く。

二百メートルと歩かず、国道に出た。平日の日中ではあるが交通量は多い。

「歩いても二分ちょっと。走れば女の足でも一分もかからないだろう。事件のあった時間帯だったらタクシーもそれなりに走ってる」

「女性が駆け足で通ればかなり目立つと思いますが」

「一分のうちにどれだけの人間に目撃されているか……行くぞ」

何森とみゆきは今来た道を戻った。徒労に終わることは承知で、ホテルから国道までの間で聞き込みを始めるために。

その夜の二回目の捜査会議では、いくつかの「収穫」があった。

まずは被害者の携帯電話の位置情報から、上尾《あげお》市内の中継局までは追跡できた。そこで途切れているのは電源がオフにされただけでなく、中のＳＩＭカードまで破壊されたということだろう。

同時に地取り班から、事件当夜の二十一時十分頃に現場近くの国道で重参と思《おぼ》しき女を拾ったタクシーが判明、との報告があった。

「女は、上尾市内でタクシーから降りたとのことです。現在、降車地点周辺、上尾駅などの防犯カメラを確認中です」

いずれも、上尾だ。現場からの距離は二十数キロ。飯能に比べれば三倍近い人口を有する町ではあるが、決して都会とは言えない。東京方面に向かう列車ももちろんあるが、都心に移動するならば大宮《おおみや》や浦和《うらわ》、川越《かわごえ》からの方が便がいい。

「被害者の目撃情報はかなりありました」

これは、管内以外にも範囲を広げ、繁華街で飲み屋や風俗営業店の聞き込みを行っていた班からの報告だった。

「県西南地区の飲食店や風俗店の間では、被害者《マルガイ》はかなり知られた存在だったようです。若い女を連れて歩く姿が度々目撃されており、いつも違う女を連れていたことから『パパ活ジジイ』と呼ばれていたということです」

捜査員は、被害者に接客したというキャバクラ店の女性従業員から聞き込んだ内容を報告した。

「とにかく質《たち》の悪い客として有名だったらしく、ついた女の子全員に『金には不自由していない』とパパ活に誘っていたようです。話を聞いた店の女性従業員はみな断ったそうですが、あまりに露骨なので出入《でき》り禁止《ん》にした店もありました」

続いてブツ担当。

「遺留指紋の照合結果が出ましたが、現場に残っていた指紋の中に、前科・前歴者のデータと一致するものはありませんでした」

「サイトの身元照会の方はどうだ」

署長が、急いた口調で尋ねた。これには佐川が答える。

「現在要請中ですが、問い合わせた途端にサイトを閉鎖してしまい……ただ、被害者《マルガイ》のパソコンに残っていたメッセージのやり取りから相手の端末情報は得られていますので、携帯電話会社にも並行して情報開示を請求しています。トワ以外にもやり取りのあった女性は複数名いて、そちらの方はすでに何名か特定できています」

「どうしても身元が割れない場合には、ホテルの防犯カメラの映像を公開するという手もあるがな」

「それは時期尚早でしょう」監理官が言下に答えた。「公開によって逆に逃走の危険性が強まることもありますし、公開して後に名誉棄損で訴えられたケースもありますから」

「……そうですな」

署長は不満そうに答えると、捜査員たちに向かって告げた。

「事件当夜の重参の足取りを追うことを優先に、各自担当の捜査を続行してくれ」

何森とみゆきは、相変わらず捜査の中心から遠いところにいた。

担当範囲が限定されていることもあり、いかに丁寧に聞き込みをしてもすでに報告のあがっている以上の情報は出てこない。被害者の顔を知る者は何人かいたが、事件当日に限らず防犯カメラに映った女性に反応する者はいなかった。

袋小路に入っているのは、捜査本部も同じだった。すぐに判明するだろうと思われた重参の逃亡後の足取りが、「上尾でタクシーを降りた」ところから摑めないのだ。

駅のカメラに映っていないことから、電車では移動しておらず周辺のどこかに潜んでいるのではないかと捜査員が注入されたが、今のところ宿泊先《やさ》を見つけることができないでいた。

唯一進展があったと言えるのは、マッチングサイトを介して被害者と「交渉を持った」と言う三名の女性からの証言が得られたことだった。

「この三名――二十二歳大学生、二十四歳会社勤務、二十六歳歯科衛生士、ともに事件当夜にはアリバイがあり、事件とは無関係と思われます」

鑑取《かんど》り担当の捜査員は、そう前置きをしてから報告を始めた。

「被害者の評判はとにかく悪く、共通して言うことは『最初の条件にはなかった変態行為を迫られた』というものです。一人は話が違うと行為をせずに別れたということで、他の二人は追加の金銭を要求し行為を行ったということです。しかしこの二人も『二度と被害者には会わない』と口を揃えています」

「なんだその変態行為というのは」

署長が好奇心丸出しの様子で尋ねる。

「それがどうも……三名とも細かくは語りたがらずに要領を得ない部分もあるのですが……」

捜査員の歯切れも悪かった。

「話から推測するに、『窒息プレイ』と言われるものではないかと」

「窒息?」

「はい。相手の首を絞めながら性行為を行うというものです。絞められる側が望む場合は、脳への酸素が不足し意識もうろうとする状態になって快感を得るためですが、絞める方が要求する場合は、相手の苦しむ顔を見ながら興奮を覚えるためのようです」

「本物の変態だな」署長が吐き捨てる。

「生命の危険がある非常に危ない行為じゃないですか」監理官も呆れたように言う。

「はい。しかしこれらの証言から、被害者が重参と会った際も同様の行為を求めたことが考えられます。先ほどの三人と同じく事前にそんな行為をすると聞いていなかったか、あるいは承知したものの行為が行きすぎ身の危険を感じた、という可能性も……」

「刃物で刺したのは正当防衛、あるいは過剰防衛だったと?」

「現時点では何とも言えませんが……」

「うーむ」署長が難しい顔になった。「そうなると話は違ってくるな」

「過剰防衛による傷害致死……」

呟いた監理官が、何森の方に視線を向けたのが分かった。他の捜査員たちも無言ながら何森のことを意識していた。

「じゃあ何で女は逃げてるんだ?」署長が声を上げる。「理があるなら出頭して説明すればいい」

警察は信じてくれない。そう思ったのだろう。何森は胸の内で呟いた。誰もが同じ思いを抱いたに違いないが口にする者はいない。

「いずれにしても、女の身柄を確保することが先決だ。引き続き捜査を続行――」

「ラッソンについては訊いたか？」

何森の発した声に、鑑取り担当の捜査員が「は？」と眉をひそめる。

「ラッソン」何森はもう一度口にした。「『トワ』という女のプロフにあった言葉だ。〈生きがいはラッソン！〉」

「ああ」捜査員は面倒臭そうに答えた。

「訊きましたが、全員『知らない』ということです。『パパ活の隠語にはそういう言葉はない』と」

その日の朝の捜査会議は、それで終わった。

2

「何森さん、どこに行くんですか」

車から降りると担当地域に向かわず、国道を反対方面に歩き出した何森をみゆきは慌てて追った。

「今日は予定変更だ」

「変更って……どこへ」

答えず歩を進める何森に、仕方なくみゆきはついて行く。

飲食店が並ぶ通りに入ると、何森は焼き肉屋と寿司屋の間に挟まれた階段を上がって行った。

何を訊いても無駄と分かっているので、喫茶店のドアを開ける何森の後に黙って従った。

狭い店内を見回すまでもなく、窓際の席に捜査会議で見たばかりの顔があった。

何森は真っすぐその席へと向かう。

生活安全課保安係係長である佐川の正面に腰を下ろした何森に続き、内心の驚きを顔に出さずみゆきも隣に座った。

「悪かったな、呼び出して」

何森が、大して悪くもなさそうな口調で言う。

「いいですけど、あまり時間は取れませんよ」

佐川の方も、迷惑そうな表情を隠さない。

「分かってる」

オーダーを取りにきたウェイトレスに、「ホット二つ」とみゆきの注文も確かめずに言う。

「すみません、ホット、何ですか」ウェイトレスが訊いた。

「うん？」

何森の眉にしわが寄った。みゆきが慌てて答える。

「ホットコーヒーを二つ、お願いします」

「ホットコーヒー二つですね。ブレンドでよろしいですか」

肯くみゆきを見て、ウェイトレスが下がっていった。

何森はまだ合点がいかない顔をしている。

「で、何です。用件は」

佐川が笑いを噛み殺しながら尋ねた。

「ああ――荒井のことは知ってたか？」

何森の言葉に、佐川が初めてみゆきに顔を向けてくる。

みゆきは慌てて頭を下げた。

「刑事課強行犯係の荒井です」

「知らないわけがないでしょう。あの荒井尚人と結婚した奇特な女性を」

顔にはからかうような笑みが浮かんでいる。

「荒井がお前に訊きたいことがあるそうだ」

佐川が、ほう、とみゆきのことを見た。

「何でしょうか、荒井主任捜査官どの」

みゆきも、ようやく「予定変更」の意図が分かった。昨日の聞き込みの最中、小休止をしながら交わした会話のせいだ。

「……私たちの任務が重参を追うことにあるのは分かっていますが」

出過ぎたことと知りつつ、つい愚痴ってしまったのだ。

「今回の事件には、別の角度からのアプローチが必要なんじゃないでしょうか」

「別の角度?」

「はい」

「どんな」

「……みんな重参をプロの売春婦と見てますけど、本当にそうなんでしょうか。そもそもパパ活そのものが私にはよく分からないんです。本当にイコール売春としていいのか。どんな女性たちがどんな事情でその世界に足を踏み入れているのか」

「それについては生安が把握しているだろう」

「だったら生安にレクチャーを受ける必要があるんじゃないですか？　彼らは彼らで追っている案件もあるはずです。せっかく捜査本部に専門家がいるのにそういう時間を設けないというのは……」

その時は、何森はいつものようにみゆきの言葉を鼻であしらっただけだった。

しかし今、目の前にその「レクチャー」に適任の人物がいる。

こうなれば仕方がない。

「パパ活について教えてください」

みゆきは、思い切って尋ねた。

今朝の捜査会議で被害者が強要していたという口に出すのもおぞましい行為について聞いてから、みゆきの中には怒りとも憎しみともつかない、得体の知れない感情が渦を巻いていた。

「パパ活の何をだ」

「最新のパパ活の傾向、県内の動き、生安で追っている案件について」

「それらの情報は捜査本部と共有している」

「末端の捜査員には共有されていません」

「……なるほど」

佐川が、何森の方を見て口の端《は》を歪めた。

「似た者同士、というわけですね」

荒井とのことを言っているのだろう。みゆきはそう解釈した。

まさか何森と自分が似ているということはあるまい。

「いいだろう」

佐川の口調からは、皮肉なニュアンスが消えていた。

「パパ活という言葉が生まれた当初は、パパ——年上で経済力のある男性と食事などデートをしてお小遣いをもらうことだったのが、ここ数年で援助交際、つまり売春とほぼ同義になっている。最近の傾向として、遊ぶ金ほしさより、コロナ禍で仕事を解雇されたりバイトのシフトを減らされ学費を払えなくなったりした学生を含む若い女性たちが、『生活の為』にパパ活に手を染めるケースが急増している」

やはり、そういうことか——。

良くないこととは分かりつつ、「やむを得ない」事情でその世界に足を踏み入れる女性たち。その姿が浮かび、暗澹《あんたん》たる思いにかられた。

「素人《トウシロ》がすぐに相手を探そうと思っても難しい。SNSやアプリで募集するにしても、慣れない女たちが個人で行うには面倒もあり危険も多い。そういう女たちに『簡単に相手が見つかり大金が稼げる』という謳《うた》い文句でつけこむ『業者』が最近、現れている」

ここでも同じだ。胸の奥がジンジンと熱くなってくるのをみゆきは感じる。

弱い立場の者たちをさらに追い詰めていく者——いや男たち。

「『客』がアプリやSNSなどで知り合うのは、今やほとんどが『さくら』だ。『打ち子』と呼ばれるバイトで雇われた男たちが女になりすましてやり取りをしている。そこで交渉が成立すると、打ち子が『上』に報告し、『上』がプロフィールに合った女を手配し、待ち合わせ場所に派遣する」

「客の方は別人だと気づかないんですか」

「気づかない。ネット上で男が女の振りをするのにさして苦労はいらない。プロフィールなんてのは本人の場合でも適当にでっち上げてる場合がほとんどだからな。会って『プロフと違う』と思っても、パパ活に『キャンセル』なんてものは存在しない。こういったケースでは継続して交際することも想定していない。むしろ一夜限り《ワンナイ》の方がボロが出なくてすむ」

「つまり、新手の『管理売春』……」

「そういうことだ」

「『トワ』もそういう『業者』から派遣された女性だと？」

「それはまだ分からん。ただ、サイトからたどれた端末情報から、トワがトバシ携帯を使っていたこと、『テレグラム』という通信アプリを使っていたことは判明している」

トバシ携帯とは、他人や架空の名義で契約された携帯端末のことだ。法律で規制されて、昔のように身分証不要のプリペイド携帯はなくなったが、海外用のプリペイドＳＩＭカードとＳＩＭフリー端末の組み合わせなどで、新たなトバシ携帯が生まれている。

そこまではみゆきも知っていたが、もう一つのアプリの方は聞いたことがなかった。

「テレグラム、というのは？」

「チャット機能に特化したアプリで、一定時間が経過すると会話履歴が自動削除され証拠が残らない。半グレが『闇バイト』の募集などで使ってるアプリだ。トバシ携帯もそうだが、素人はこんなものは使わない。持ち去った被害者の携帯のＳＩＭカードを破壊していることからも、女に指示を出している何者かがいると見て間違いないだろう」

なるほど。みゆきは納得した。しかし一つだけ分からないことがある。

ここまで捜査本部が把握しているのだとしたら、その「業者」を追うことが先決なのではないか？

「生安では《うち》その『業者』について当たりがついてるんですか？」

「県内全域にわたって勢力を広げている特定の『業者』の存在は明らかになっている。生安《うち》でもおとり捜査やログの解析などにより、派遣された女や末端の『打ち子』などは何名か挙げているが、末端の奴らはメールで指示を受けるだけで『上』には会ったことがない。トバシ携帯と特殊アプリのおかげで端末からもたどれない。特にこのグループは『人材』が豊富で、どこでスカウトしてくるのか、登録女性に不足していないのが特徴だ。その供給源も謎だ」

「確認ですが、『業者』の存在については本部と共有されてるんですよね」

佐川は首を振った。

「これは、今回の事件とは無関係の生安《うち》の案件だ」

「いやそれは——」

それは通らないだろう。これまでの話を総合すれば、トワ——重要参考人は、「売春管理業者」から派遣された女性の可能性が高い。だとしたら、「事件とは無関係」などと言えるはずもない。

「副署長から、全ての情報を捜査本部に上げる必要はないと言われていてな」

佐川は平然と答えた。

……そういうことか。

今の署長は、ノンキャリアの叩き上げで一貫して刑事畑を歩いてきたことで知られている。次期署長と見られている副署長は本部の覚えもめでたい生安の出だ。

つまり、派閥の力学で捜査方針が歪められているのだ。

そんなことが許されていいのか——。

みゆきの憤りをよそに、その夜の捜査会議で大きな進展があった。重参らしき人物が特定できたのだ。

防犯カメラに映っていた女の服装などから販売ルートを地道にたどっていった結果、特徴のあるアウターが上尾にあるレディースショップのオリジナル商品であることが判明し、当該ショップを訪ねたところ風貌の似た女性がひと月前に購入していることが分かった。

現金での購入だったためクレジットの履歴は残っていなかったが、その女性はショップの会員になっており、携帯電話番号とフルネーム及び年齢が登録されていた。

樫村紗枝《かしむらさえ》・三十歳。

至急、その人物を全国の警察に照会した。

携帯番号はデタラメだった。名前の方も偽名である可能性が高かったが、樫村紗枝という三十歳になる女性は存在した。福島県警会津若松《あいづわかまつ》署の少年係に、十四年前の窃盗による補導歴が残っていたのだ。

平成三年生まれで、当時、福島県の県立高校の在校生だった。鑑取り班の捜査員は、すぐに会津若松に飛んだ。

「樫村紗枝」を教えたり記憶していたりする教師はおらず、防犯カメラからプリントアウトした写真を見せても首をかしげるだけだったが、卒業名簿から、樫村紗枝は服飾専門学校入学のために上京していることが分かった。

鑑取り班は会津組と都内組に分かれた。前者は会津若松在住の両親と兄、それと高校時代の同級生を何人か割り出し、話を聞いた。

その時点で、紗枝が経済的理由で服飾の専門学校を一年で退学し、現在は消息不明であること、防犯カメラの女性に「雰囲気はずいぶん違うが、似てはいる」という証言が得られた。

　当該人物が「殺人事件の最重要参考人」であることは秘した上での聞き込みであったが、近しい人々にとっては「警察から調べられている」というだけでも思いもよらない出来事だったようだ。

「大人しくて自分の意見も口にできない子」で、補導歴である高校時代の万引きについても同級生に強要されて行ったものだったらしい。

「悪いことのできる子じゃありません……」両親は涙ながらにそう訴えた。

　同級生たちも、「エピソードが思い出せないくらい地味で目立たない子だった」と口を揃えた。

　都内の専門学校を当たった捜査員も、退学の事実を摑んでいた。幸い紗枝のことを覚えている職員がおり、当時の同級生で交流のあった者を何名か教えてもらうことができた。

　こちらでも「地味な印象」であることは変わらなかったが、「ファッションデザイナーになりたいと言っていた」と証言する者がいた。

　しかし親からの仕送りを受けられなくなり、生活費以外に年に百万を超える学費の他に生地代などもかかるため、アルバイトだけでは払えないことから初年度は奨学金を申請したものの、結局は一年で夢を諦めたらしかった。

　専門学校を退学した十年前から消息を絶った一年半前の間で判明したことは以下の通り。

　退学後半年ほど飲食店でアルバイトをした後、派遣会社に登録し、事務や軽作業など非正規の仕事を転々としていた。住居を都内から埼玉に移したのもこの頃で、アパート代を少しでも節約するためだったらしい。さいたま市や川越市のアパートに住んでいたことが分かっており、職場もこの頃から埼玉県内中心になったようだった。

当時から景気は悪くなる一方で、非正規雇用を巡る不公平な状況も社会問題になり始めていた折、高卒で地方出身、特別な資格やスキルもない紗枝の雇用条件は転職するたびに悪くなっていったようだ。

さらにコロナ禍が追い打ちをかけた。

派遣されていた配送センターの仕事を「雇用調整」の名のもと雇止《やといど》めされた挙句、契約解除となってしまってからは、定職を得ることができず飲食店などでアルバイトをしていた。しかしそこも緊急事態宣言の煽りで解雇され、アパートを解約してからは携帯電話も不通となって、以降は家族も連絡がとれなくなり――。

「恋人どころか仲のいい友人もいなかったんじゃないかな」

専門学校時代の同級生の一人が言った。

「『生きていてもいいことなんかない』って、辞めてしばらくして会った時に嘆いてましたから」

彼らにも防犯カメラに記録された「トワ」の写真を見せたが、「似てはいるが、髪型も服装も、当時と雰囲気が全く違う」と口を揃えた。

そんな中、半年程前に、さいたま市の繁華街で紗枝とばったり会ったという同級生の証言が得られた。

立ち話程度で近況など詳しいことは聞いていなかったが、ヘアスタイルもファッションも派手になっていた紗枝は、表情もしゃべり方も生き生きとし、まるで別人のようだった、という。

カメラに映った重参の写真を見せると、「そう、こういう感じ、間違いない」と証言した。

聞き込みの最後に、「別れ際に彼女が私に言ったんです」と女性は捜査員に話した。

「『あたし、今すっごい幸せなんだ』って」

そして、こう付け加えた。

「見栄なんかじゃなく、本当に幸せそうな様子でした――」

身内らとの連絡を絶ってから女性が繁華街で出くわした半年前まで。

その間に一体何があったのか。「紗枝」から「トワ」へ。文字通り「別人のよう」に変貌させる何か。

捜査本部は当然、それを「パパ活」と結びつけた。

体を売ることで大金を稼ぐようになっていったのだと――。


「何森さんはどうお考えです？　捜査本部の見立てについて」

聞き込みに向かう捜査車両の助手席から、みゆきは尋ねた。

「まあそんなところだろう」

運転席から不愛想な声が返ってくる。

「でもいくら大金を得られたとしても、パパ活で幸せを感じられるものでしょうか」

「分からん。そんなこと俺に訊くな」

「……すみません、畑違いのことを訊いてしまいました」

何森が、じろりと視線を向けてきた。その機嫌の悪そうな表情を見れば、言いたいことは分かる。

どうせ俺に女の気持ちなんて分からないと思ってるんだろう。

そうですけど。え、分かるんですか。

そんな無言の会話を頭の中で交わし、みゆきの口元は思わず緩む。

「何を笑ってる」

ますます不興を買ってしまったが仕方がない。何森がいかに優れた刑事であろうと、こればかりは「専門外」のことに違いない。

「運転の邪魔をしてすみません。静かにしていますので」

みゆきは一礼して姿勢を正した。何森はふん、と鼻を鳴らし、ハンドルを握り直す。

車は、飯能を離れようとしていた。

高速に乗って川越を越え、向かう先はさいたま市方面。県内で一、二位を争う繁華街を擁する大宮・浦和周辺での聞き込みが、今日の担当エリアだった。

トワこと樫村紗枝の身元が判明したことで、捜査本部は鑑取り班に人員を割いた。捜査本部自体が縮小された——事件が「強盗殺人」ではなく「傷害致死」容疑の線が濃厚になったためだろう——こともあり、地取り班が手薄になった。おかげで何森とみゆき組も重要エリアの担当に格上げされたのだ。

まずは、紗枝の専門学校の同級生だった女性が半年前に彼女と遭遇したという繁華街——大宮駅東口の南銀座、通称「なんぎん」と呼ばれる辺り——から聞き込みを開始することになっていた。

有料駐車場に車を停め、二人は「なんぎん」へと足を向けた。

商店街やショッピングセンター、飲み屋街が立ち並ぶ通りであり、昔は「大人の街」として栄えたが、今はカラオケ店やゲームセンター、巨大なディスカウントストアなどが若者を集めている。コロナ禍で人通りが途絶えた時期もあったが、最近はだいぶ人出が戻っているようだった。ようやく時間制限なく、酒もカラオケも楽しめるというわけだ。

他の捜査員たちが聞き込みを終えたところは除外し、二人は、開店している店から順番にトワの写真を見せて回った。

「なんぎん」を終えたら駅の反対側に移動し、西口エリアで同じように聞き込みをする。何人か写真を見て「見たことある気がする」と反応した者こそいたものの、親しく会話を交わした者、彼女の素性を知る者はいなかった。

深夜になり、大方の飲み屋が明かりを消す時間まで聞き込みを続けたが、芳しい成果は得られなかった。

「今日はそろそろ終わるか」

「……はい」

まだ陽のあるうちから歩き回り、足が棒のようだった。加えて飲み屋街の喧噪やタバコの煙などの影響で頭痛も感じ始めていた。何森の言葉にホッとし、歓楽エリアに背を向け歩き始めたときだった。

背後から「え～何で～」という嬌声《きょうせい》が聞こえた。

振り返ると、胸元のざっくりあいたミニのワンピースに薄手のコートを羽織った女性が、細身のスーツを着た若い男にしなだれかかってはしゃぎ声を上げている。

「やーだ、まだ帰んない～」

腕を摑んで振り回すのを、男が笑顔で「はいはい、また明日ね」と宥《なだ》めながらその手を離そうとしている。

いわゆる「爬虫類顔」で、ナチュラルウェーブがかかったヘアスタイルに首にはお洒落なアクセサリーをぶら下げて――男が「ホスト」であることは、みゆきにも一目で分かった。

顔を戻し駅へ向かおうとした時、何森の姿がないのに気づいた。

見ると、何森はその女性の方へと歩を進めていた。

名残惜しそうにホストに「バイバ～イ、また明日ね～」と手を振る彼女に、何森が「ちょっといいか」と声を掛けた。

「はぁ？」

女性が、今まで男に対していたのとはまるで違う顔を向けてくる。みゆきも慌てて駆け寄った。

「この女性を探してるんだが、見たことないか」

何森が、トワの写真を見せて尋ねる。

「誰よあんた……何の用」

「人を探している。若い女性だ。写真だけでも見てくれないか」

「もしかしてケイサツ？　あたしケイサツ嫌いなんだよね～」

みゆきが横から、「すみません、ご迷惑ですがご協力をお願いします」とやわらかい声を掛けた。

「あんたもケイサツ？」女性の態度が少しだけ軟化した。「何よ、何があったの、事件？」

「行方不明になった女性を探してるんです。この辺りで目撃したという情報があったもので。見たことありませんか」

「えー？……」ようやく女性も、写真に目を落とした。「なにこの写真……もしかして監視カメラのやつ？　何したの？　ヤバ系？」

「画質が悪くてすみません。見覚えないですかね」

「こんなんじゃ分かんな……ん？」

いったんは目を離そうとした女性が、再び写真に見入った。

「見覚えありますか？」

「んー、なんか似てるかも……はっきりとは言えないけど……」

「どなたにですか？　お知り合い？」

「知り合いって言うか……なんかトワに似てるけど」

トワ——聞き込みをしてその名が出たのは初めてのことだった。

「その女性とお知り合いですか？　連絡先など分かります⁉」

勢い込んで訊くみゆきに、女性が少し引き気味になる。

「いや分かんないよ。何となく似てるってだけで……」

「それでも構いません。その女性のフルネームは分かりますか？　連絡とれます？」

「いや別に友達じゃないから。フルネームも連絡先も知らない」

「どこでお知り合いに？」

「この店」

「え？」

「今出てきた、そこの店」

女性が、斜め前にあるビルの方に目をやった。

「CLUB MEN'S CUBE」という大きな看板があり、何人もの若い男性の顔写真が並んでいる。

「……ホストクラブで？」

思ってもいなかった場所だった。

「うん」女性が肯く。「トワっていう子はそこの常連。ここのとこ顔見てないけど」

「トワという名は自分で名乗ってたんですか?」

「んー、ユーリがそう呼んでたからね」

「ユーリ?」

「ホスト。さっきの奴、見てたでしょ?」

爬虫類顔にナチュラルウェーブのかかった髪型――あの男だ。

「ユーリが彼女の担当だったから」

「担当って?」

「担当は担当よ。なんていうの、指名ホスト?」

「ありがとうございます」

すでに店に向かって歩き出している何森の後を追う。

「ねえ、トワがなんかしたの? 何よ、訊くだけ訊いといて。ねえ、トワが何したのよ、ずるいぞ教えろ〜」

駄々をこねるような女性の声に背を向け、何森とみゆきは店――「CLUB MEN'S CUBE」の前に立った。


店は地下にあった。

階段の両脇に、ホストたちの写真が並んでいる。どうやら人気順らしい。ユーリという男の写真は「六か月連続の一位!」という文字とともに掲《かか》げられていた。

ドアを開けると同時に、激しい音楽が耳をつんざく。入口から店の奥までは見通せなかった。

「いらっしゃいませぇ、ようこそ!」

出迎えた黒服が、二人を見てわずかに眉をひそめる。それでも表情を戻し、「二名さまでしょうか？」と訊いてきた。

何森が、顔の近くで警察手帳を提示する。

「埼玉県警の者だ。ユーリという従業員はいるか？」

黒服の表情が変わった。

「……少々お待ちください」

慌てたように店の奥に消える。その時、店の奥からマイクを通した声が聞こえてきた。

「今宵は、クラブメンズキューブにご来店頂きまして誠にありがとうございます。こちらＶＩＰ卓ナンバーワンテーブルより、姫から素敵な愛情を頂きました」

続いて、大音量の音楽に負けじと節をつけて叫ぶ男たちの声。

「もっとちょうだい」「もっとちょうだい！」「もっとちょうだい」「もっとちょうだい！」「姫の愛をもっとちょうだい」「もっとちょうだい！」「もっとちょうだい！」「もっとちょうだい！」「姫の愛をもっともっとちょうだい！」

みゆきが半ば呆然と耳を傾けていると、奥から五十年配のスーツ姿の男性が、先ほどのホスト――ユーリをともなって姿を現わした。

「支配人の柏木《かしわぎ》と言います。今日はどういったご用向きで？」

「この店の客である女性について少し訊きたい」

何森はぶっきらぼうに答えてから、ユーリの方に視線を送る。

「トワという女性を知ってるな？」

「トワ？　トワ、トワ、トワねえ……」

口元に薄く笑みを浮かべながら、ユーリは歌うようにその名を繰り返した。

「ちょっと思い出せないなあ」

「その女性が何か？」支配人が愛想の良い笑顔で尋ねてくる。

「この女性だ。見覚えはないか」

何森がトワの写真を出してユーリに突き付けた。

「何この写真……ちょっとヤバくないですか」ユーリが面白がるように言う。「こんな女、俺の客にはいないかなあ」

「この店の常連でユーリというホストを指名していたという証言がある。もう一度よく見てくれ」

「これ、防犯カメラのプリントアウトじゃないですか？　その女性、何をしたんです？」

写真を覗き込んでくる支配人に、

「あんたは知らないか。写真で分からなければトワという名前に心当たりはないか」

何森が重ねて尋ねる。

「私はすべてのお客様を把握しているわけではないので」

愛想笑いを崩さず、支配人はユーリの方を向いた。

「ユーリ、本当に知らないのか？」

「俺だって全員覚えてるわけじゃないですからねえ……もういいすか？　お客さまを待たせてるんで」

「本当に知らないか」何森が再び訊いた。

「覚えてないすねえ」そう言ってから、ユーリはみゆきの方に目を向けた。

「でも、客として来てくれたら何か思い出すかもしれないなあ。そっちのお姉さん、どうですか、今度指名してくださいよ」

いきなり話を向けられ、みゆきは返答に窮した。

そこに黒服がやってくる。

「ユーリさん、お客さまがご立腹で……」

「すみませんがこれぐらいでいいですか」支配人が言った。「これ以上引き留められますと営業にも差し支えますので」

「協力はできない、と？」

「いえそんな。本人が覚えていない、と言ってますので。これ以上は勘弁してください」

口調は慇懃《いんぎん》だが、有無を言わせぬ態度だった。

「ご来店お待ちしてま〜す」

ユーリはみゆきに向かって軽くウインクすると、手をひらひらさせながら背を向ける。

その姿が奥へ消えると同時に、再びシャンパンコールが響き渡った。

3

その日はさらなる追及は諦めたが、「ユーリというホストがトワのことを知っている可能性は高い」ということで何森とみゆきの意見は一致した。

だが支配人ともどもあの態度では、再度同じように店を訪れても協力は得られないだろう。ここは奴の言うように「客として店を訪れて話を訊き出す」しかない。

「私が、行くんですよね？」

みゆきが訊いてくるのに、何森は何を当たり前のことを、という顔を返した。

「――分かりました」

気が進まないのも当然だろう。「そっちのお姉さん、どうですか」と投げてきた声。ふざけたように向けてきたウインク。明らかにみゆき――いや女のことを見下していた。

「これも仕事だ」

「分かっています」

トワの居場所を訊き出すことが何より先決。みゆきの表情に、もう迷いはなかった。

翌朝の捜査会議で昨夜の件を報告し、「CLUB MEN'S CUBE」への潜入捜査――すでに刑事であることは明らかにしているため身分秘匿《ひとく》捜査ではないにせよ――の許可と経費の申請を願い出た。

「トワという名前が出たのか」

そこまでは身を乗り出してきた署長だったが、「ホストクラブへ客として行って訊き出す」と伝えたところで渋い顔になった。

「そこまでする必要があるか。捜査協力を願い出て情報提供を依頼すればいいだろう」

「何なら大宮署に頼んで経営者に当たってみたら」

監理官も同調した。

「深夜営業しているわけですし、明らかに風営法違反じゃないですか。行政処分をちらつかせれば協力するでしょう」

「かえって態度を硬化させる可能性があります」

みゆきが答えた。

「客として行く分には向こうも文句は言えません」

署長が佐川に向かって訊く。

「ホストクラブってのはどれぐらいかかるんだ？　高いんだろう？」

「何度も通えば高額になりますが」

佐川が答えた。

「『初回』といって、最初はどの店でも低額の飲み放題を用意しているはずです」

「じゃあ、とりあえずその『初回』ってやつで行ってみろ。一度だけだぞ、何とか訊き出せ」

不承不承、という感じで告げた。


会議室の出口に向かいながら、何森はみゆきにさりげなく尋ねた。

「荒井には話すのか？」

「何をですか？」

みゆきが怪訝《けげん》な顔を返してくる。

「いや、何っていうこともないが……帰りは昨夜より遅くなるかもしれんしな」

「仕事ですから」

自分が言った言葉をそのまま返され、何森も何も言えなくなった。

しかし、連日の午前様、ホストクラブに行くとなればアルコールを入れざるを得ないかもしれない。捜査の一環であることはもちろんあの男には分かっているだろうが……。

「ご心配には及びません」

みゆきが苦笑交じりに言う。

「荒井のことはよくご存じでしょう?」

「――そうだな」

余計な心配だった。いずれにしても、何森に夫婦の間のことが分かるわけもない。

「とにかく、何としてでも訊き出してみせます」

みゆきが、きっぱりと言った。


その夜――。

「潜入」を終えたみゆきとは、以前に訪れたことのある飲み屋で落ち合うことになっていた。

コロナ禍でつぶれたのではと心配していたが、いつもの場所に古びた赤ちょうちんが変わらず出ていた。以前から客の少ない店だったからむしろ影響は少なかったのかもしれない。

薄汚れたのれんをくぐると、頭がさらに薄くなったオヤジが、「らっしゃい」と不愛想な態度で迎える。

十名も入ればいっぱいのカウンターに、先客はいなかった、
いつものように日本酒を燗で頼み、出てきたお通しを肴《さかな》にちびちびと始める。相変わらず煮貝はしょっぱいだけで味など分からず、酒は唇がやけどをするかと思うほど熱かった。

一本目の銚子を空けたところで、みゆきからメールが入った。

〈すみません、遅くなりました。これから向かいます〉

「連れがこれから来るんだが、店は何時までだった?」

オヤジに尋ねると、「お客さんがいる間は閉めませんよ」とぶっきら棒ながらありがたい答え

が返ってきた。

立て付けの悪い引き戸がギシギシと音を鳴らしたのは、二本目の銚子も空いた十二時を少し回った頃だった。

「お待たせしてすみません」

みゆきが、腰を低くして入ってくる。

「いや、お疲れだったな」

何森の隣に座ると、「すみません、お水もらえますか」とカウンターの向こうのオヤジに言った。

見れば、頰の辺りがほんのり赤くなっている。やはり飲んだのか。

「飲まなきゃ話さないっていうんだからしょうがないじゃないですか」

視線を感じたのか、みゆきが険のある口調で言った。

「何も言ってない。で、訊き出せたか」

オヤジが差し出したグラスの水を一気に飲み干すと、みゆきは「ふー」と小さく息をついた。

「何だかまだ頭の中で音楽が鳴ってる感じで……」

昨日訪れた時も大音量の音楽が流れていた。あの中に数時間もいればどこかおかしくもなるだろう。

「話すことは話せたんですが……」

浮かぬ顔で報告を始める。

「『初回』は何人ものホストが入れ替わり立ち替わり席に着くので、一人と話せるのは十分、十五分ぐらいなんですよ。音楽はうるさいし、向こうは終始営業トークだし、で」

「訊き出せなかったのか？」

「残念ながらユーリからは何も訊き出せませんでした。それでもヘルプでついたホストに『最近、トワちゃん来てる？』とカマをかけたところ、『あれ、お客さんトワさんのお友達？』という反応がありました。詳しくは知らないようでしたが、ユーリの客だったことは間違いないようです。それも『太客《ふときゃく》』と呼ばれる、かなりお金を使ってくれる常連だったようです」

「そうか」

「……訊き出せたのはそれぐらいです。すみません」

みゆきは小さく頭を下げた。

「一度で訊き出せるとは最初から思ってない」

何森の言葉に、みゆきが怪訝な顔になる。

「――一度で？」

「トワがあの店の常連だったこと、ユーリの客だったことはほぼ間違いない。端から警察に協力する気はないだろうが、時間をかければボロを出すこともあるかもしれない」

「店に通え、って言ってるんですか？」

「捜査だ」

みゆきが小さく首を振る。「署長は『一度だけ』って言ってましたから。これ以上の経費は出してもらえないでしょう」

「交渉してみる」

みゆきが、ちらりと何森のことを見た。

「間宮《まみや》さんですか」

何森が答えずにいると、「以前から思ってましたが、そういうの、何森さんらしくないんじゃないですか」と続ける。

「――どういう意味だ？」

何森が向けた視線にも怯まず、みゆきは続けた。

「上層部と通じて特別な配慮をしてもらう、ということです」

「特別な配慮をしてもらっているつもりはない。頭の固い署の幹部連中より話が早いだけだ」

「そうかもしれませんが……」

「――俺が、間宮の『イヌ』だと？」

「まさか。そんなことは言ってません」

イヌ。出会った時の間宮が、まさしくそうだった。

埼玉県警警務部監察官室室員、通称監察官。警察官による不祥事の捜査や服務規程違反など内部罰則を犯した警察官への質疑、さらには会計監査業務に携わる「警察の中の警察」。間宮はキャリアで、その後も県警本部でエリートコースを歩んでいる。

そのエリートになぜか能力を認められ、とある理由で県警の中で疎《うと》んじられさまざまな部署をたらいまわしにされていた何森が刑事課に戻ることができたのも、間宮が本部の人事の中枢に出世してくれたおかげだった。捜査の過程において『上』しか知りえない情報をひそかに教えてもらったこともある。

しかし、間宮と「取引」をしたことは一度もなかった。何森は間宮の「権力」を利用し、間宮は何森の動きが捜査に、ひいては警察という組織に有利に働くと考えて同じく利用している。

今までそう思っていたのだが。

「分かった」何森は肯き、言った。「上には諮《はか》らない。俺が出す」

「え？」

「飲み代は俺が負担する。とにかく奴から何か訊き出せるまで通ってくれ」

「待ってください」みゆきが慌てる。「『初回』の数千円という料金はあくまで特別で、再訪させるためのエサです。聞いたところ、二回目からは二時間のセット料金だけで一万五千円。それに加えて自分と指名ホストの飲食代金がかかります。平均でも三万はくだらないとか。訊き出すために相手の要求に従って追加していったらいくらになるか分かりません」

「それでも今は、ユーリの線しかない」

捜査本部は「樫村紗枝」の家族などに専従班をつけ、紗枝からの連絡を待っている。だが何森は、その線は薄いと踏んでいた。この一年半、一度も連絡していないのだ。家族の心情はともかく、紗枝の方は「縁を絶った」と考えているに違いない。

その間に紗枝は別人に――「トワ」になったのだ。接触があるとしたら「トワ」をよく知る人物。現時点ではユーリというホストしか該当者はいなかった。

「お金はともかく、本部の許可なしでは続けられません。いずれにしても、無理です」

みゆきはそう言って、ヤケのようにビールをあおった。


しかし翌日の捜査会議で、みゆきの言葉が覆《くつがえ》されることになった。

報告を受けた監理官が、「引き続きの潜入捜査」を許可したのだ。もちろん、経費は本部の負担で。

隣に座った署長が、苦虫を噛み潰した表情で「必ず成果をあげるように」と短く告げた。

「……どういうことでしょうね」

捜査会議が終わり、席を立ちながらみゆきが訝《いぶか》し気に訊いてくる。

「分からん」

そう答えてもなおも疑わし気な顔を向けてくるみゆきに、

「間宮には頼んでない」

と何森は言った。

事実だった。とはいえ署長の仏頂面を見れば、本意でないことは明らかだ。県警本部からでなければ、誰が監理官に進言したのか。

「お二人さん」

廊下に出たところで、佐川に呼び止められた。

「ちょっと」

周囲を気にするような素振りで、階段の上を指さす。肯き、佐川の後について階段を上がった。

踊り場に、飲み物の自動販売機が並んでいた。佐川がそれに近づいていく。

「何をお飲みに？」

「喉は渇いてない」

「まあそう言わずに、奢《おご》らせてください。荒井は？」

「……ホットコーヒーを」

「何森さんも同じものでいいですか」

何森は答えなかったが、佐川は勝手にホットコーヒー缶を三つ買い求め、二人に渡してきた。

「座りましょう」

廊下に置かれた椅子の方を促《うなが》し、まずは自分が腰かける。

仕方なくみゆきはその横の椅子に座った。何森はコーヒー缶を手に立ったままだ。

「お分かりかと思いますが」

コーヒーを一口すすってから、佐川が言った。

「あのホストクラブは大宮署の管轄です。内偵を行う際は本来なら大宮に協力を仰がなくてはなりません」

「今さらなんの話だ」

すでに聞き込みの段階で県域全体に渡っている。近隣の署に話を通しているのは当然だった。

「殺人事件《コロシ》の聞き込みだけならもちろん問題ありません」

佐川は続けた。

「しかし潜入となると向こうも神経を尖らせます。この前もお伝えしましたが、これは生活安全課《われわれ》の案件でもあるんです」

「何が言いたい」

「何か分かったら、本部に報告《あげ》る前に私に教えてくれませんか」

何森は、不思議そうな顔で佐川のことを見つめた。佐川の表情は変わらない。

「――分かった。コーヒーをご馳走になったな」

口もつけていないコーヒーを椅子に置くと、何森は階段に向かった。みゆきが追ってくる。

「いいんですか、『分かった』なんて言ってしまって」

「奴に一つ借りができた」

「借り？　缶コーヒー一つで？」

みゆきが、合点のいかない顔を向けてくる。

「おそらく今回の潜入の許可は、生安、副署長、監理官——その線から強い要望があったんだ」

「どういうことです？」

「大宮署の管轄に手を出すことは普通はできん。しかし、今回は特別だ。県警本部の肝いりだからな」

「何森さん」みゆきが苛立ったように言う。「分かるように説明してください」

「俺にもまだ分からん。とにかく、奴らのおかげで俺たちは捜査を続けられる。この機会を逃す手はない」

さっさと階段を降りて行く何森を、みゆきは慌てて追った。


その夜の捜査会議で、重参の居住先《やさ》が割れた、という報告が上がった。

上尾市周辺の民間アパートをしらみつぶしに調べていた班が、ようやく「樫村紗枝」名義で借りられている賃貸アパートの一室に行き当たったのだ。

古びた木造アパートの部屋に表札はなく、ドアも施錠されていた。管理人立ち会いのもと鍵を開け、捜査員が中に入った。六畳の和室と狭いキッチンの１Kの部屋。ハンガーにぶら下がった派手な服が部屋と不釣り合いな印象だった。

室内のゴミ箱から携帯電話と破壊されたＳＩＭカードが発見され、キッチンに残された包丁やナイフを調べたところ、その一つからルミノール反応が出た。ＤＮＡ鑑定により被害者のものと判明した。

トワこと樫村紗枝は、これで正式に被疑者《マルヒ》となった。

紗枝が、事件の後いったん自室に立ち寄ったのは間違いない。凶器や血の付いた服を洗い、携帯電話からＳＩＭカードを取り出し破壊しゴミ箱に捨て、最低限の身の回りの物だけを持って部屋を出た。

事件当夜の二十二時頃、アパート近くのコンビニの防犯カメラに買い物をし、ＡＴＭで金を引き出す彼女の姿が映っていたことからもその行動が裏付けられた。

しかし、そこで紗枝の足取りはぷつりと途切れている。

日ごろ交流があったという隣の部屋の住人——留学生の中国国籍の女性——からも、この数日ほど姿を見ておらず、部屋を訪ねても応答がない、という証言が得られた。

電車で移動した形跡はなく、タクシーにも乗っていない。近隣のホテルやネットカフェにも泊まった形跡はないことから、誰かに匿《かくま》われているとみて捜査本部は紗枝の交友関係を洗うことに専心した。

そんな捜査の本流とは離れ、みゆきの「CLUB MEN'S CUBE」への潜入捜査——傍《はた》から見れば「ホス狂い」にしか見えない連夜のホストクラブ通い——は始まった。

「これからはラストまでいることにしますので、待たないでください。報告は翌朝あげますから」

みゆきからはそう言われたが、何森は「待つ」と一言だけ返した。ラストまでいればもう終電はない。さすがに毎夜のタクシー帰りまでは許可されていなかった。

捜査車両を駐車場に停め、近くの深夜営業をしている喫茶店でコーヒーのお代わりをしながら、何森は毎晩みゆきの帰りを待った。

4

有線放送が薄く流れる店内に、客はまばらだった。

その一番奥の席で、何森は疲れた表情のみゆきと向かい合っていた。

「ユーリは相変わらず『覚えていない』の一点ばりです。ヘルプでついた他のホストも『トワ』の名前を出すと途端に話をはぐらかします」

何日経っても成果が得られず気落ちしているのだろう、みゆきの声には力がなかった。

「客の方はどうだ」

店側から訊き出すのが難しいようだったら、トイレに立ったり電話を掛けたりする振りをして客の女性たちから話を聞くことになっていた。

「ええ、そちらからは少し話を訊き出せました。トワと直接話したことのある女性はいませんでしたが、彼女がユーリの『太客』だったこと、ここ数か月ほど姿を見せていないことを知る女性が二人」

「数か月……事件の前から、か」

「はい。なぜ来なくなったかは二人とも知らないようでした。一人は『しつこくしてユーリに嫌われたんじゃないの』と言っていましたが、その女性はトワとは『被《かぶ》り』だったようですから良く言うわけはありません」

「被り？」

「担当が被っている、ということです。その女性もユーリが担当で。今年のバースデイイベントには『自分がタワーをする』とはりきっていました」

タワーというのは「シャンパンタワー」のことか。シャンパングラスを何段にも重ねてタワーの様にして、一番上からシャンパンを注ぐ光景を見たことはあった。

「気になるのは、もう一人の女性から聞いた話なんです」

みゆきの表情が、さらに暗くなる。

「その女性は客の中ではかなり古株らしく、トワが店に通い出したころから知っていると。最初に見かけたのは一年半ぐらい前のことらしいです」

一年半前――家族と音信不通になった頃だ。

「最初は地味な感じだったそうです。ああいうのがハマると大変だろうなと思ったそうで、よく覚えてると言っていました。それから少しずつ感じが変わっていって、『風《フウ》オチ』したなと分かったと」

「ちょっと待て」

「ああ、風オチっていうのは」

「いや、その意味は分かる」

風オチとは「風俗堕《お》ち」――それまでは昼間の仕事をしていた女性が性風俗業界で働くようになることだ。しかし、気になったのはそこではない。

「風俗かパパ活かはともかく、何らかの方法で金を稼げるようになって、それでホストクラブ通いをするようになったわけじゃないのか」

「ええ、その逆です」

みゆきは、沈んだ表情で続けた。

「おそらく店に通うようになって、少しでも回数を多く、少しでも『担当』にお金を落とせるようにと、収入を得られる仕事を探したんだと思います。そういう女性は他にもたくさんいます。ホストクラブって、『ヒマと金を持て余した女たちが通うところ』だと思っていましたが全然違うんです。一晩で何十万、時には百万単位の金を使う『太客』の中には、確かに会社経営者や実家が裕福という者もいますが、私が話を聞いた女性たちは、みな水商売や風俗で稼いだ金をすべて担当につぎ込んでいる感じでした。一方で、客の中には普通の会社員や主婦、学生などもいます。そういう女性がさらに店に通おうとしたら……」

「分からんな」

何森は首をひねった。

「樫村紗枝はその頃、派遣の仕事をクビになって住むところにも困っていたはずだ。そんな状況で、何でそこまでしてホストクラブに通わなくちゃならない？」

「そんな状況だったから、じゃないですか」

みゆきは、視線を落としたまま言った。

「どういうキッカケで彼女がホストクラブに足を踏み入れたのかは私にも分かりません。ただ、初回料金の二、三千円だったらその時の彼女にも払えたでしょう。そこで何人もの男たちからちやほやされて……そんな経験、もしかしたら初めてだったのかもしれません」

同級生たちの証言が蘇る。

――恋人どころか仲のいい友人もいなかったんじゃないかな。

――「生きていてもいいことなんかない」って、辞めてしばらくして会った時に嘆いてましたから。

「普段の生活で鬱屈を抱えていたり自己肯定感が低かったりする女性ほど、その快感が忘れられなくなるんじゃないかと思います。そこで甘い言葉を囁《ささや》かれて……ユーリじゃなくとも『色恋《いろこい》』――客に対して本気の恋愛と錯覚させてお金を使わせるのがホストの仕事です。それまで誰からも認めてもらうことのなかった女性が、派手なシャンパンコールを浴び、好きな相手から『君のおかげだ』と言われたら、たとえそれが『仕事』だと分かっていたとしても喜びを感じるでしょう。さらに担当が育っていく――自分のおかげで店の中でのランクが上がっていく、そのことにさらなる喜びを覚えるようになる……その頃には、『売掛《うりかけ》』と言われるツケがきく『太客』になっています。やがて『エース』と呼ばれる担当にとっての一番の客になる。ホストたちからは賞賛の、他の女性客からは嫉妬と羨望が入り混じった眼差しを向けられ、店からは下にも置かぬ歓待を受けるようになり……こうなるともう麻薬みたいなもので抜けられません。一方で売掛がたまって返せなくなり――」

風オチする。

もちろん、その前に目が覚めて抜ける女性もいるだろう。しかし。

「ホストの中には、自分で風俗店を紹介、あっせんする者もいるらしいですから……」

みゆきの話を聞いてしばし考え込んでいた何森が、顔を上げた。

「ユーリは、トワのことを訊いても『知らない』とは言わないんだな」

「そう、ですね……『覚えてない』ですね」

「『知らない』と答えると虚偽に当たり、犯人隠避罪《いんびざい》に問われる可能性を知っているのか……」

「一介のホストがそこまで？」

「一介のホストじゃないのかもしれん」

「どういうことです？」

「以前佐川が言っていたことを覚えてるか」

「佐川さんが……」

　みゆきが、ハッとした表情になった。

「県内全域にわたって勢力を広げている特定の『業者』がいる……」

　何森がその後を受けた。

「特にこのグループは『人材』が豊富で、どこでスカウトしてくるのか、登録女性に不足していないのが特徴だ、とも」

「――ユーリが、その『業者』ではないかと？」

「佐川が言っていた『供給源』の謎も解ける」

「自分の客だった女性に売春を……」

　みゆきの顔が、怒りで赤く染まった。

「許せない……！」

「忘れるな」何森が諭《さと》すように言った。「俺たちが追っているのは殺人事件《コロシ》の犯人《ホシ》だ。組織売春の元締めじゃない」

「分かっています。分かっていますが……」

　何森が立ち上がった。

「明日から、ユーリを張る」

　みゆきも続く。

「同行します」

「いや、これからは朝帰りになる。俺に任せろ」

「いえ、これは私の仕事です。何森さんの指示は受けません」

みゆきは、決然と告げた。


翌夜から、何森とみゆきはホストクラブ営業終了後のユーリの後を追った。

ユーリが一人で店を出ることはなかった。毎晩、違う女性客と「アフター」を楽しみ、時にホテルや女性の部屋に泊まったりもした。その間、ユーリの前にトワが姿を現わすことはなかった。

「ひそかに連絡をとっている、あるいはどこかに匿っている可能性はあると思いますか」

みゆきの問いかけに、何森は、「おそらく、ない」と返した。

「下手《へた》に連絡をとったり、ましてや匿ったりして、自分に累が及ぶような真似はすまい。与えた携帯電話をはじめ、自分と繋がるようなものは全て破棄させているはずだ」

「……店にも数か月姿を現わしていないということは、事件を起こした時にはすでにユーリとは切れていたのかもしれませんね」

そこが、何森も判断に迷うところだった。

もし事件前からすでにユーリとの関係が切れていたとすれば、こうして行動確認《こうかく》をしていても意味はない。

しかし事件の段階ではまだユーリと繋がっていた、いや、ユーリの指示で動いていたのだとしたら？

「被害者の携帯電話を持ち去るように言ったり、中のＳＩＭカードを破棄するよう指示したのは、ユーリだということですね」

「そうなる」

その上で、たとえ捕まっても自分とのことは絶対にしゃべるな。そう言い含めて、関係を絶った。

「じゃあ、今トワはどこでどうしてるんでしょう。高跳びした形跡もなく、一体何をしようと」

それが、何森にも分からなかった。

ただ一つ、みゆきには告げずに気になっていることがあった。

男を刺して——罪を犯して逃げている女を匿う。

——どこにも行き場がなくなった女たちが頼れる場所……唯一の支援組織が、その「クー・バン」です。ベトナム語で「あなたを救う」。

まさか、とは思う。第一、トワは外国人ではない。

いや——。

トワと交流があったという隣の部屋の住人——留学生の中国国籍の女性。

フオンではない。あるはずもない。しかし、何かの形で繋がっていたら？　その女性がトワとクー・バンを繋げた可能性はないのだろうか？

「何森さん、どうしました？」

「——いや、何でもない」

ユーリの行確の最中だった。今は余計なことを考えている時ではない。

その日もユーリは「アフター」で、客の女性とカラオケビルに入って行った。

受付で彼らが入った部屋を確認し、出入口との間にある空室を確保した。こうすれば彼らが帰るのを見落とすことはない。

部屋に入り飲み物を注文してしまえば、後はすることもなかった。

「静かすぎると怪しまれますから」

みゆきがタッチパネル式のリモコンを手に取った。

「何森さん、一曲いかがですか」

からかうように言うみゆきに、何森は仏頂面を返した。

くすりと笑ったみゆきが、リモコンを操作する。

「適当に何か入れますね。歌ってる振りで」

モニターの画面が変わり、何かの曲のイントロが流れてくる。

みゆきがさらに操作すると、男性ボーカルが聞こえてきた。ガイドボーカルという機能らしい。

聞いたことのない曲だった。

「何だこの曲は」

「『ETERNAL《エターナル》』というタイトルで、ホストクラブで最後によく歌われる曲なんです。せっかくなんで何森さんにも雰囲気を味わってもらおうと」

「ふん」

甘ったるいバラードで、何森にはどこがいいのか分からない。

しかしみゆきはしみじみとした表情で聞き入っている。

好きとか嫌いとか　簡単な言葉じゃ　伝える事が出来ない
一年に一度の特別なこの日を　何度でもいつまでも　一番近くで

無邪気な笑顔　変わらない仕草　一つ一つ　全てが宝物
あなたが　笑って生きてる　ただそれだけで　うれしくて　暖かくて　優しくなれる
僕の未来を照らしてる

「一年に一度の特別なこの日……」

　みゆきが呟いた。

「うん？」

「今の歌詞です。『一年に一度の特別なこの日』って、たぶん誕生日のことですよね」

「それがどうしたんだ」

「来週、ユーリのバースデイイベントがあるんです。もしかしたら近々店を辞めるかもしれないという噂もあって、誰がユーリにラスソンを歌ってもらえるか客同士でバチバチやり合っているんですよ」

「──今、何と言った？」

「え？　ユーリのバースデイイベントのことですか。前にお伝えしたでしょう？　被りの女性客が『タワーをする』ってはりきってた──」

「違う、ユーリに何を歌ってもらうと？」

「ああ、ラスソン──ラストソングのことです。その日の売上ナンバーワンのホストが、好きな歌を選んで閉店前に歌うんです。ラスソンを歌うことはホストにとってこの上ない名誉であると同時に、自分をナンバーワンにしてくれた女性への愛と感謝のメッセージでもあるそうです。一日の最後に自分の担当ホストが歌うラスソンを聞くことは、女性客にとって最高の幸せなのだと

――」

「ラッソン、だ」

「え？」

「トワのプロフにあった言葉――」

怪訝な表情だったみゆきが、「あ！」と声を上げた。

「〈生きがいはラッソン！〉」

「ラッソンはラスソン――ラストソングのことだ」

「一日の最後に自分の担当のホストが歌う……それを聞くことは女性客にとって最高の幸せ――」

その言葉を繰り返してから、みゆきは何森に顔を向けた。

「じゃあ、トワは今でも――」

「間違いない、トワは現れる」

何森は断言した。

「最後にユーリの歌う、この歌を聞くために」

みゆきが呟いた。

「ETERNAL――永遠《トワ》……」


ユーリのバースデイイベントの日がきた。

何森は外で入口を見張り、みゆきは客として店内に入ることになった。トワを見つけ次第、佐川に連絡を入れることになっている。

「トワとユーリが繋がっているのが事実だとして、捕まると分かっていてのこのこ現れますかね？」

約束通り捜査本部に報告する前に伝えた時、佐川は疑わし気にそう返してきた。

佐川たちもやはり以前からこの店をマークしていたのだが、店自体が怪しいのか従業員の中に「業者」がいるのか摑み切れていなかったのだという。ユーリの行確をしていた何森たちの動きもひそかに把握していたらしかった。

そこまでしている佐川たちにしても、トワが現れるとは信じられないのだ。

「おそらく本部に報告しても同じ反応だろう。応援を頼めなくてもトワの確保は俺と荒井の二人でもできる。だが、ユーリには手を出せない。売春《ばいしゅん》防止法《ぼうしほう》違反による検挙は大宮署の管轄だ」

「しかし、いずれにせよトワの逮捕が先決でしょう。そこからユーリについての供述を引き出して――」

「それでは遅い。トワが逮捕されたら奴は飛ぶ」

「それに」みゆきも口を挟んだ。「たぶんトワはユーリとの関係を自供しません。すべて自分一人の犯行だと主張するはずです」

「それじゃあどうしようもない」

「だから頼んでいる」

「……私たちに何をしろと？」

何森は、みゆきと練ったプランを佐川に話した。

店内は、異様な盛り上がりを見せていた。

「ユーリ生誕祭」と掲げられた横幕。いつにも増して激しい音楽。きらびやかな灯りに照らされ、初めて目にするシャンパンタワーが光り輝いている。

席はすべて埋まっており、どこの席でも高価なシャンパンが開けられていた。

みゆきは、「今日はちょっと」と断ろうとする支配人に風営法違反での行政処分をちらつかせ、無理矢理席を用意させた。ユーリはもちろんヘルプのホストもつかない客以前の扱いだったが、むしろ好都合だった。

主役のユーリは店内を飛び回り、客の女性たちと抱擁を交わし、シャンパンの一気飲みを繰返している。

店内を見渡すが、今のところトワの姿は見当たらない。そもそもこの状態で、写真で見ただけのトワを見つけ出せるか心許なかった。

しかし入口は一つ。出入りを見張っている何森からの連絡を聞き漏らすまいと、みゆきは髪に隠したコードレスイヤホンを片耳に押し込んだ。


時計の針は十二時に近づき、イベントは佳境に入っていた。

普段は滅多に出ない高級ボトルや、ユーリの顔写真入りのオリジナルシャンパンがどんどんオーダーされ、その度に派手なシャンパンコールが連呼される。バカでかいケーキがカットされ、時計やアクセサリーなどのプレゼントを手渡されたユーリが女性たちをハグしていた。

イヤホンから何森の声が響いてきたのはそんな時だった。

「今、女が一人店に入る」

「トワですか……!」

みゆきは席を立ち、少しでも音楽がうるさくない場所へと移動する。

店内の盛り上がりで、みゆきの行動を怪しむ者もいなかった。

「金髪のウイッグをしていてははっきりとは分からない。注意して見てくれ」

「分かりました」

黒服が一人の女性を伴って入って来るのが見えた。

満卓ではあるが制限時間を設けているため、客は入れ替わり立ち替わり現れている。その女性も他の客と同じように席に案内されていた。

何森の言う通り金髪のウイッグで、遠目から顔形は判別できない。

ユーリがその女性に気づいた様子はなかった。今日来ているのはみなユーリの担当のはずだが、太客を回るだけで手いっぱいなのだろう。

ヘルプしかつかずに不満気な女性客は少なくなかった。あの女性もそういった「細客《ほそきゃく》」の可能性もある。

耳元で再び何森の声がした。

「金髪の女に近づけ」

「分かりました」

いずれにしろもう時間がない。みゆきは立ち上がり、店の中を移動した。

その時、入口に何森の姿が見えた。応対していた黒服が困惑した表情でフロアに入り、ユーリの方へと向かっていく。

女性客とはしゃぎ合っていたユーリに近づき、その耳元で何事か告げた。

ユーリがあからさまに不快気な顔で振り返る。黒服に何か言い返すが、再び何か告げられ、仕方なさそうに腰を上げた。女性客にごめんね、と断り、出入口に向かっていく。

みゆきは、金髪の女性の席に近づいた。

ヘルプのホストがオリシャンを入れるよう煽《あお》っているが首を振っている。近くから見てもトワであるかどうかははっきりしない。

後は、「それ」を待つしかなかった。

極細客《ごくぼそきゃく》と踏んだのかホストは去っていき、女性は一人、ぼんやりと店の中央に設けられたステージの方を眺めている。

一分が過ぎ、二分が経っても、何事も起こらなかった。

ダメか——諦めかけた時、ふいに女性の顔が動いた。

傍らに置いたバッグの方に目をやっている。

バッグの中から、かすかに音が聞こえた。

携帯が鳴っているのだ。

女性はじっとバッグを見つめている。みゆきは無線のマイクに向かって告げた。

「電話が鳴りました」

「よし」

珍しく弾んだ何森の声が返ってきた。

これが、二人で練ったプランだった。

トワらしき女性が現れたら、何森がユーリを呼び出し「トワの居場所が分かった。すべてお前からの指示だと吐かせてみせる。覚悟していろ」と告げる。ユーリはトワが店に来るなどみじんも考えていない。トワもおそらく変装などして気づかれないようにするはずだ。

ユーリが連絡手段もすべて絶っていればどうしようもないが、何かあった時のために連絡だけはとれるようにしている可能性はある。

何森の言うことをうのみにしないまでも、万が一を考えてトワに直接確かめようとしたら――。

そして今、バッグの中の電話が鳴った。

間違いない――この女性が、トワだ。

電話は鳴り続けている。

しかし、トワは動かなかった。

「確保しますか」

「もうちょっと待て」

かすかに聞こえていた着信音が、止まった。

その時、店内に鳴り響いていた音楽も消えた。同時に、照明も落ちる。

「みんな、今日は本当にありがとう」

マイクを通したユーリの声が店内に流れた。

あちこちで女性たちの「キャーッ」という悲鳴にも似た声が上がる。

「姫の一人一人、キャストのみんな、スタッフたち。俺が今こうしていられるのは、本当にみんなのおかげです。心の底からありがとう」

盛大な拍手が沸き上がる。「ユーリ、おめでとう」「おめでとう！」の声が掛かった。

中央のステージに、スポットライトが当たった。

ユーリの姿が浮き上がる。再び、悲鳴。

「みんなへの感謝をこめて歌います。ラストソングはもちろんこの曲。俺の愛はエターナル、永遠だ！」

曲のイントロが流れてくる。店内に沸き起こる拍手と歓声——。

みゆきは、トワの方に目をやった。

トワは身じろぎもせず、ステージの方を見つめている。

ユーリが歌いだした。

例えば いつか違う世界で 生まれ変わっても
僕らは それぞれ 同じ様に出会い 同じ様にあなたを愛すでしょう
乗り越えなきゃならない 事もあるけど
負けないで 何があっても 傍に居るから
例えば 願いがかなうなら 悲しみのナミダが
もう二度と あなたに こぼれないように
魔法をかけてくれますか

店内に「ETERNAL」が流れる中、入口の方で何か騒ぎが起きているのが見えた。

入ってこようとする男たちを黒服やホストたちが懸命に止めようとしている。

佐川の姿が見えた。見覚えのない男たちは大宮署の生活安全課の捜査員たちに違いない。

何森は——探す必要もなかった。いつの間にかその姿が、みゆきの隣にあった。

「何森さん」

何森が、小さく肯く。

歌が終わるまで逮捕はしない。何森は無言のうちにそう答えた。

あなたと　共に生きてる　素敵な笑顔で
胸はって　手をつないで　寄り添って歩いて行く
そんな未来を待っている

今日もありがとう

最後のフレーズを歌い終わり、ユーリがマイクを口から離した。

「荒井、バッグを」

「はい」

みゆきが動くと同時に、何森がトワに近づく。

「樫村紗枝だな。傷害致死の容疑で逮捕状が出ている」

トワが立ち上がった。バッグを掴もうとするのを一瞬早く、みゆきが取り上げた。

その時、店内から悲鳴が上がった。先程とは違う、驚きと嫌悪による叫び声だ。

佐川と大宮署の捜査員たちが、歌い終わったユーリに駆け寄っていた。

佐川がこちらを見る。みゆきはトワのバッグから携帯を取り出すと、着信画面を見た。

〈ユーリ〉

みゆきは、その携帯を佐川に向かって掲げた。

佐川が肯き、大宮署の職員に何事か告げる。職員も肯くと、ユーリの両脇に回ってその腕を掴んだ。

「二宮壮太《にのみやそうた》、売春防止法違反の容疑で逮捕する」

「ふざけんな、何で俺が！　証拠あんのか証拠は！」

わめいていたユーリが、ハッとした表情になる。

何森に促され、出口へと向かうトワの姿に気づいたのだ。

その目が驚愕で見開かれる。なんで……と口が開くのが見えた。

最後の歌《ラストソング》は、終わった。

みゆきは無線で捜査本部を呼び出し、告げた。

「二十三時五十五分。トワこと、樫村紗枝を確保しました」


あの日、あたしは死ぬつもりだった。

生きていても辛いことばかりで、何もいいことなんかないし。

どこでどうやって死のうかとふらふらと歩いてた時、誰かに声を掛けられた。

「おはよう。どうしたの、そんなに悲しい顔して」

それが、初めて聞いたユーリの声だった。

「悲しいことがあるならうちの店に来なよ。絶対楽しくするから。保証する。携帯出して」

あたしは言われるままに携帯を出した。

「初回は二千円で入れるから。マジ、二千円ポッキリ。じゃ、待ってるからね」

それだけ言うとさっさと踵《きびす》を返し、ユーリは離れていった。あたしは人ごみの中に消えていく
その姿をぽかんと見送っていた。

今思えば、若い女と見れば手当たり次第に声を掛けていたのだということも、直接お店に連れていくのは違反だということも分かってる。だけどその時は、あんまりにもその男があっさりと去って行ってしまったので、何だか魔法にかけられたような気がした。

何で悲しいってわかったの。どうすれば楽しくなれるの。

それから一時間ぐらい辺りをぐるぐる回って、結局あたしはそのお店に行った。

あたしを見たユーリは、一瞬、きょとんとした顔になった。たぶんあたしのことなんか覚えてなかったんだと思う。でも、あたしにはそんなことどうでも良かった。

「ようやく来たね。ずっと待ってたよ」

ユーリの言葉は嘘じゃなかった。

楽しかった。あんなに楽しかったことは生まれて初めてだった。

だから、ほかのことはどうでも良かった。

ユーリの笑顔さえ見れれば。

あたしのことを「可愛いよ」と言ってくれた。「愛してる」と言ってくれた。

「君のためにナンバーワンになりたい」

初めて自分が必要とされた。

仕事を探した。稼げる仕事。もっともっと稼げる仕事をユーリが教えてくれた。

稼いだ金は、全部ユーリのために使った。

彼をナンバーワンにすること。感謝され、褒めてもらい、愛してもらう。

一日の終わりに、彼が歌うラッソン。それはあたしだけに向けられたもの。

それだけで幸せだった。

その歌を聞くために、今日もまた男のアレをしゃぶり、突っ込まれ、乱暴され、時には首を絞められ死にそうになって。

それでも金だけは絶対に受け取る。みじめで悲しくて泣きたくなることもあるけど、彼に会えばすべてが反転する。

ユーリは魔法使い。彼のためだったらなんでも耐えられる。

ユーリに会ってからずっとあたしは幸せだった。彼があたしを幸せにしてくれ

「それは違う」

目の前の女の刑事が言った。

「それは幸せなんかじゃない。愛なんかじゃない。優しさなんかじゃない」

怖いぐらいに、真剣な顔だった。

「あいつは魔法使いなんかじゃない。二宮壮太っていう、ちんけなスケコマシ。女をだますしか能のないろくでなしのクソ野郎。あなたが刺した男もそう。金さえ払えば何をしてもいいと女の子たちを蹂躙《じゅうりん》してたクソ野郎よ。そんな奴らのために、あなたがこれ以上耐える必要はない。あなたはもう一人じゃない。ううん、一人だって生きていける。女だって男だっておんなじ。強くあれば一人だって生きていける。だから、強くなって。あんな奴の言葉に負けないで。事実だけを話して。実際にあったことだけを」

トワは——樫村紗枝は、自分の頬が濡れているのに気づいた。

あたし、泣いてる？

もうとっくに涸れ果てるまで泣いて、二度と涙なんか出ないって思ってたのに。
悲しくて？　嬉しくて？　分からない。何であたしは泣いてるの。何でこの人はこんなに怒ってるの。何であたしなんかのためにこんなに一生懸命になってるの。何で、何で――。

［二〇二一年十一月二十四日］
出会い系で女性装い客募集　売春あっせん容疑で逮捕、年商数億円か
　埼玉県内の繁華街で女性に売春をさせていたとして、埼玉県警と大宮署は派遣型売春グループの責任者二宮壮太（27）を売春防止法違反（周旋）容疑で逮捕し、24日発表した。グループは出会い系サイトやマッチングアプリなどを使って客を集めていたといい、同県警はグループが年間数億円を売り上げていたとみている。
　二宮容疑者は、埼玉県内のラブホテルで男性が刃物で刺され死亡していた事件で傷害致死の疑いで逮捕された女性に対し「救助せずに逃げろ」と電話で指示をしたとして死体遺棄教唆《したいいききょう》及び犯人隠匿の嫌疑もかけられている。

［二〇二二年一月十二日］
ラブホテルで男性が死亡した事件　被告人に執行猶予の判決
　昨年十一月に埼玉県内のラブホテルで男性が刃物で刺され死亡していた事件で逮捕され、傷害致死罪で起訴されていた女性に対する裁判員裁判の判決が12日、埼玉地裁であった。増岡智樹裁判長は女性が男性からの暴行から逃れる目的で護身のために所持していたナイフで刺したことを認め、防衛ではあるが過剰なものであったこと、しかしそのための反撃は偶発的であったとし、懲役三年・執行猶予五年の判決を言い渡した。検察は控訴を断念し、女性は即日釈放された。

小_{しょう}

火_か

小　火

1

　どこかで誰かが自分の名を呼んでいる。返事をしようと思うのに声が出ない。呼ぶ声は切実さを増していき、明らかに助けを乞うているその相手に応えようとするのだが、いくら口を開け動かしても喉の奥に確かにあるはずの言葉は外に出て行ってくれない――、
　目を覚ました何森稔《いずもりみのる》の耳に届いたのは、消防車のサイレンの音だった。県道を走る消防車が、市街地の方向へと遠ざかっていくのが分かる。

　近づいてきたサイレンの音が自分を呼ぶ声となって夢の中に現れたのか。覚醒し始めた頭で考えながら半身を起こした。

　何森が住むアパートは、市の中心地から離れた住宅街の一角にあった。独り身の警察官の多くが暮らす官舎に入らないのは煩《わずら》わしい人間関係を厭《いと》うのが一番の理由だったが、公園や古寺なども近い閑静な地域であることも気に入っていた。普段は車の音も気にならないが、緊急車両が鳴らす音に敏感なのは仕事柄仕方がない。

　枕元の携帯電話を取り上げ、時刻を表示させる。日付が変わった零時過ぎ。火災が生じたからといって強行班係の出動がすぐにあるわけではないが、大きな火事となれば混乱に乗じて騒ぎが

起こる可能性もある。再び寝入りばなを起こされるよりはしばらく待機していようかと、電気スタンドの灯《つ》りを点けた。

部屋の間取りは八畳ほどの和室に小さなダイニングキッチンがついただけだが、大きな家具や電化製品がない分、広く感じられる。もう何年も住んでいるのに一向に物が増えないのは整理上手なわけではもちろんなく、ただ何森に物欲というものが皆無で寝られる空間さえ確保できれば十分という生活への無関心さゆえだろう。

立ちあがり、ストーブを点けてからキッチンに入った。

コンロをつけ、ヤカンで湯を沸かす。包丁をはじめ調理用具だけは良い物を揃えていた。しかしこれとて休みの日に外に食べに行くのが面倒と、素人料理で時間をつぶすことを覚えただけに過ぎない。

熱めの茶を淹れて和室に戻ってきた時、今度は救急車が鳴らすサイレンが聞こえてきた。救急車の出動についてはコロナの感染拡大に伴い、そのサイレンの音を聞かない日はなかった。とはいえ、先にあった消防の件と関連があるとしたら大きな惨事の可能性もある。

しかし、しばらく待っても呼び出しはなかった。何事もなければそれに越したことはない。湯飲みを片付け、再び布団に入ったところで携帯電話が着信音を鳴らした。

発信元は署の指令係ではなく、同僚の荒井《あらい》みゆきの携帯を示していた。

「お休みのところすみません」

自宅からだろうか、電話の向こうは静かだった。

「いや、起きていた。火事の件か」

みゆきは少し驚いたように、「あ、はい」と応じる。

「玉手《たまて》公園のトイレでボヤ騒ぎが発生しました。消防が到着した時点で火は消えていたそうですが、何者かが放火した形跡があると引き継ぎがありました」

「怪我人は」

「ありません。延焼もなく、個室のドアが少し焦げた程度だそうです」

「そうか」

拍子抜けした。

いや、その程度で済んで良かったのだと思わなければいけない。そして放火であれば、怪我人や大きな被害がなくとも「非現住建造物等放火罪《ひげんじゅうけんぞうぶつとうほうかざい》」の疑いで強行犯係の担当になるのだった。

「他の捜査員たちは別件で出払っていて、私と何森さんに臨場せよとの指示が」

「分かった」

別件とは何のことかは訊かなかった。少なくともボヤ騒ぎよりは大きな事件が発生したのだろう。四の五の言わず、指示通りに動くだけだった。


公園の入口でタクシーを止めると、トイレらしき建物の近くにダウンジャケットをはおったみゆきと、ジャンパー姿の初老の男の姿が見えた。消防車は止まっておらず、地域課の警察官はおろか野次馬の姿すらなかった。文字通りの小火《ボヤ》だったのだろう。

近づいていくと、気づいたみゆきが一礼を向けてくる。隣の男も小さく頭を下げた。

「ご苦労さまです。こちらは、公園の管理人の篠崎《しのざき》さんです」

「飯能《はんのう》署刑事課の何森です」

篠崎は再び頭を下げ、「どうも、ご苦労さまです」とかすれた声で言った。寝ているところを起こされたのだろう。寒さに小さく足踏みしながら不快な顔を隠さなかった。

「まずは現場を」

みゆきに案内され、トイレの方に足を向ける。

「あ、こちらです」

当たり前のように男性用のトイレに向かっていた何森は、途中で向きを変えた。

「お伝えしていませんでしたね。現場は女性用トイレなんです」

「そうか」

現場に足を踏み入れると、消火剤でぐしゃぐしゃになった燃えカスが床に広がっていた。そばの個室ドアの下半分が黒くなっている。まだ少し漂っている焦げた匂いはそこからくるのだろう。

「備え付けのトイレットペーパーをいくつも床にほどいて置き、火をつけたのではないかと消防は言っていました。液体燃料を使用した形跡はないと」

何森は腰を下ろし、もはや跡形もなくなったトイレットペーパーの残骸を観察する。床はコンクリートであるため火は広がらず、ドアを少し焦がしただけで済んだのだろう。発火源は不明だが、床にほどかれたトイレットペーパーが着火物であるのならば、人為的であることに疑いはなかった。

「目撃者は」

「いません」

「通報してきたのは」

「女性の声で、公衆電話から。時刻は二十三時五十九分」

「公衆電話？」

思わずオウム返しにしてしまう。

「はい。公園の中にまだ一台だけ設置されているので、そこからの発信ではないかと」

今時、公衆電話を見つけるのは難しい。現場のすぐ近くにあったとなれば合点はいくが、自分の携帯電話を使う方が早いはずだ。マッチポンプという言葉があるように、放火犯が自ら通報するのはよくあることだった。

「防犯カメラは？」

「東側の入口と、トイレの近くに。トイレの方のカメラに、ボヤ発生少し前の時間帯に人の出入りが記録されているそうです」

「見れるか」

「はい」

みゆきが肯《うなず》き、篠崎の方に顔を向ける。

「管理室はこちらです」

篠崎が促《うなが》した。


狭い管理事務室に、三人で入った。小さな電気ストーブが置かれているが、ほとんど外と変わらない寒さだ。部屋のほとんどを占めている事務机の上にモニターが置かれてあり、防犯カメラの映像はそこに映し出されるようだった。

「常時監視しているわけではなく、何かあった時にその日時の映像をピックアップして確認しているそうです。火災が起きた時もここは無人でした」

「じゃ、映しますね」篠崎が言った。「午後十一時五十分ぐらいの映像です」

画面に映像が流れる。

最近の防犯カメラには夜間や暗所でもカラーで映し出されるものもあるが、これは赤外線撮影の白黒画像だった。それは仕方ないが、画質もかなり荒れている。

「安いカメラなもので見にくくてすみませんね。最新のに買い替えてくれって何度も言ってるんですけど」

篠崎が言い訳をした。小さな街区公園には防犯カメラさえ設置されていないところもある。贅沢は言えなかった。

「もうじきです。右からきます」

篠崎の言葉に、目を凝らす。

画面右からフード付きのコートを羽織った人物がフレームインし、左側に消えて行った。時間にして一秒もないだろう。フードもあって顔はほとんど見えない。リュックのようなものを背負っているのと、マスクをしていたことが分かるぐらいだ。

「で、この七分後ぐらい。飛ばしますね」

篠崎が操作し、画面が早送りになる。

「トイレから出てきます。今度は左から右へ」

篠崎の言う通り、画面の左から先ほどと同じ恰好をした人物が現れ、右へ消える。

「通報前の一時間ほどの間、トイレに出入りしているのはこの人物だけです」

「もう一度見せてくれ。スローにして、途中で止めてくれ」

「はい」

篠崎が映像を巻き戻す。

十一時五十七分。先ほどの人物が左からフレームインしたところで、「止めてくれ」と言った。

「はい」

画面がフリーズする。

着ているのは、ダッフルコートと呼ばれているタイプのものか。下は、ズボン。足元までは見えない。細身。身長は正確には分からないが、かなり小柄に見える。

「女性ですね」

みゆきの言葉に、何森は肯きを返した。

「そう見えるな」

女性用トイレを利用したからというわけではなく、姿恰好からそう判断した。もちろん、まだ断定はできない。

通報があったのはおよそ二分後。この人物の犯行であることにほぼ間違いない。

「一人、怪しいのがいるんですけどね」

事務室を出て、鍵を閉めたところで篠崎が口にした。

何森たちが顔を向けると、「去年の十月ぐらいからですかね、公園のベンチで寝泊まりしている年配の女がいるんです」と続ける。

「見かけた時は注意してるんですけど。その時は大人しくどこかに行くんですが、いつの間にか戻ってきてて。まあいろいろ事情もあるだろうし、強制的に追い出すのも何なんで。無害そうな女性ということもあって、私も通報などはしていなかったんですが」

「ホームレスということですか」

みゆきが訊く。

「うーん、どうなんでしょうね」篠崎は首をひねった。「身なりはきちんとしていて、そういう感じはしませんが……デカいキャスター付きのケースを転がしてるところを見ると泊まり歩いてるようには見えますけど」

「一番最近見たのはいつです？」

「いつぐらいだったかなあ」篠崎が考える仕草をする。「年末あたりから日中でもかなり冷え込むようになったでしょう？　それぐらいから姿見てないかなあ」

見かけなくなってひと月ぐらいということか。

「名前とかは訊いてないんですよね」

「ええ、どこの誰かは分かりません」

「もう一度、顔を見れば分かるか」

何森の問いに、篠崎は不安そうな顔を向けてきた。

「……と、思いますが」

「公園に出入りしていたのなら、防犯カメラに映っている可能性はあるな」

「まさか」篠崎はギョッとした顔になった。「全部見て探し出せって言うんじゃないですよね」

「そうは言ってない。前科前歴があった場合に警察《うち》のデータと照合できるということだ」

「ああ、そういうことですか」篠崎が安堵《あんど》の表情になる。「よく分かりませんが、そちらで見てもらう分には問題ありません」

「その時は協力頼む」

「はあ。……あの、今日はもういいですか」

一刻も早くこの場を去りたい、という様子だった。

みゆきが、何森の方を見る。何森が肯くと、

「ありがとうございました。遅い時間にお手数をおかけしました」

みゆきが一礼した。

「いえいえ。じゃあこれで」

「またその女性を見かけたら、ご連絡ください」

篠崎は、返事もそこそこに駆け足で去って行った。

「脅かしたらダメですよ」

苦笑交じりにみゆきが言う。

何森は無言を返した。脅したつもりはない。その女性が被疑者《マルヒ》と確定すれば嫌でも探し出してもらうつもりでいた。犯人《ホシ》でなくとも、夜間に出没していたとしたら不審な人物を目撃している可能性はある。いずれにしても参考人の筆頭には違いない。

「その女性の犯行でしょうか」

何森の表情を見てとったのか、みゆきが訊く。

「まだ何も分からん」

「ホームレスだとすると、この寒さで暖《だん》を取ろうとしたということもありますね」

「それにしてはほどいたペーパーの量が多すぎる」

「そうですね……」

みゆきが、現場の方に目をやる。

「誰の犯行にしても、なぜ公園のトイレなんかに火をつけたんでしょうか」

「誰にも危害を与えない場所を選んだんだろうな」

答えながら、いくつかの可能性を考える。

「本気で火事を起こそうとしたわけではなく……ただ燃える火を見たかったのか、騒ぎになるのを楽しんでいたか……」

「騒ぎというほどにはなりませんでしたが」

「愉快犯《ゆかいはん》にしては火が小さすぎか……」

怨恨や金銭目的、別の犯罪の証拠隠滅――放火の動機は様々だが、人の住まない公衆トイレや倉庫などに火をつけるのは、ほとんどが不満やストレスの発散が目的だ。放火癖のある者であれば連続して犯行を為すことも多い。しかし今のところ、類似《るいじ》の事件は発生していなかった。

もちろん、これから起こる可能性はある。この小火が大惨事の火種に過ぎなかった、などということにならぬよう捜査は続けていかなければならなかった。


「報告書は明日でいいそうです」

携帯電話を切ったみゆきが、顔を向けてくる。

午前一時を回っていたが、念のため強行犯係長の臼井《うすい》に報告の電話を入れたところだった。

「係長ももう自宅に戻ったそうで」

「別件とやらはどうなったんだ」

深夜とは言え、現場に向かった捜査員たちの報告が上がってくるのを刑事部屋で待つのが普通だ。

「誤通報だったらしくて、臨場した班も解散したそうです」

「人騒がせだな」

「係長もそうボヤいてました」

みゆきが苦笑を浮かべる。

「ボヤの件は、引き続き私たちが担当することに」

何森は無言で肯いた。

起訴に至るかも分からない軽微な事案とはいえ、誰かが担当しなければならない。貧乏くじを引かされるのはいつものことだった。

日中は、数日前に起きた喧嘩沙汰にからんだ事情聴取で忙殺された。先に手を出したのは向こうの方で怪我も自分の方が大きいので被害届を出せないか、という一方の言い分を聞くのに時間を割かれ、ボヤの件での聞き込みのため公園を再度訪れたのは、午後の四時半頃になった。

まだ薄明かりが残っているとはいえ、陽の落ちかけた冬の公園に人の姿は少ない。遊歩道をジョギング中の青年と、介護者に車椅子を押されていた高齢男性に声を掛け、昨夜ボヤ騒ぎがあったこと、何か不審な人物や出来事を見かけなかったか尋ねてみたが、両者とも「分かりません」と首を振った。

念のために「公園で寝泊まりしている年配女性」についても訊いてみるが、こちらも「知らない」ということだった。

入口近くへと戻ってくると、いくつか並んでいるベンチの一つに、先ほどは見かけなかった少女の姿があった。

制服姿のところを見ると、学校帰りの高校生か。寒い夕暮れに若い女の子が一人という珍しさ以上に、細かく編み込まれた髪型に濃い眉、そして褐色《かっしょく》の肌が目を引いた。

みゆきに目で合図をすると、彼女は小さく肯き、ベンチの方に足を向けた。

「こんにちはぁ」

柔らかい声を掛け近づいていくみゆきに、少女が顔を向けてきた。

「突然ごめんなさいね、私、警察の者です」

みゆきが警察手帳を提示し、少女のそばに歩み寄る。

少し驚いた表情は浮かべたものの、少女は無言のまま小さく頭を下げた。

「皆さんに訊いて回ってるだけなんで心配しないでね。昨夜遅くにここのトイレでボヤ騒ぎがあったんですけど、ご存じですか？」

丁寧な物言いに安堵したのか、少女の表情も少し柔らかくなった。

「知りませんでした」

そう答えて首を振る。

流暢《りゅうちょう》な、というより、ネイティブと言っていい日本語だった。

「そうですか。ここにはよく来るのかしら？」

みゆきは少しくだけた口調に変えた。少女は「はい」と小さく肯く。

「学校の帰りに……今日もそうですけど。ちょっとだけここに座ってぼんやりしたり」

「そう。何か最近、公園の中で変わった出来事とか、なんか変だなあ、と思うような人とか、見たことはなかった？」

少女は少し考える仕草をしてから、

「ありません」

と首を振った。

「そう」みゆきは一呼吸置き、「昨年の十月ぐらいから、この公園のベンチで寝泊まりしているような年配の女性を見かけた、という人がいるんだけど、そういう人を見たことはある？」と訊いた。

これにも少女は、「知りません」と首を振る。

「そう」

みゆきがちらりと視線を向けてきたので、何森は肯きを返した。

「どうもありがとう。高校生かしら」

少女は首を振った。

「中学生です。中学二年生」

「あらそう。突然にすみませんでした。ご協力、感謝します」

みゆきがそう言って目を細めると、少女もマスク越しにほほ笑んだようだった。

みゆきが戻って来るのを待って、公園の出口に向かって歩きながら小声で尋ねた。

「どうかしたか」

みゆきの顔に、少しだけ不審な表情が浮かんでいたのだ。

「ここら辺りの中学の制服は大体分かると思うんですが……」

「市内の学校じゃないのか」

「はっきりとは言えませんが……」

彼女は「学校の帰りに」よく来ると言っていた。遠方の学校に通っているとは考えにくい。転校してきたばかりでまだ新しい制服が間に合っていない、ということだろうか。

「いろいろ事情があるのかもしれません」

みゆきの言葉に、「そうだな」と短く返した。

先ほどの会話を聞いた限りでは、少女は日本生まれか、来日してかなりの年月が経っているように思える。それでも「一見して外国人」である彼女が「いろいろ事情」を抱えているかもしれないことは何森でも想像がついた。もちろん、ボヤの捜査でそんなことを追及する必要などない。しかし公園を出ても、みゆきはまだ思案顔だった。彼女が高校生と未就学児の二人の娘を持つ母親であることを考えれば、少女について気になるのも理解できた。

「下の子はそろそろ小学校か」

なるべくさりげない口調を装って口にしたつもりだったが、やはり唐突《とうとつ》過ぎたのかみゆきは驚いた顔を見せた。

「――はい。この四月から」

少し間を置いてから答える。

「早いもんだな」

何森の言葉に、みゆきは小さく肯きを返しただけだった。

仕事中にプライベートな会話を交わしたくないのかもしれないが、娘が小学校に上がるという話題にしては表情が硬い。

昨年の春に、上の娘が無事第一志望の高校に合格したと伝えてきた時には、「私立なんで学費が大変なんですけどね」と言いながらも嬉しさを隠しきれない様子だったのだ。

下の娘にしても、生まれつき耳が聴こえなくはあったが、「手話で教える」という私立のろう学校の幼稚部に通う日々の、その生き生きとした様子を何気ない会話の端々に感じていたものだったが。

そう言えば、そんな話を昨年の暮れぐらいから聞いていない気もした。瞳美《ひとみ》といったか。彼女の小学校の入学に際し、何か悩み事でも抱えているのだろうか。自分の考えすぎであってくれればいいと念じながら、次の聞き込みへと足を向けた。

2

公園への来訪者からさらに範囲を広げ、近隣の住居やアパートを回り、ボヤが起きた当夜、あるいは他の日時について、公園の内外で不審な人物や出来事を見かけなかったか、数日かけて尋ねて回った。

質問の最後には必ず「公園で寝泊まりしていた年配の女性」についても訊いた。六十代半ばから後半ぐらいで、身長百五十センチから百六十センチほど。髪は後ろで束ねており、少し痩せ気味。キャリーバッグのような物を持っている場合も、と篠崎から聞いた外見を伝えると、「そういう女性を見かけた」という者が三人ほどいた。

その中で、女性のことを「別の場所でも見かけたことがある」と証言したのは、公園の裏手に建つ瀟洒な一戸建ての玄関から出てきた四十代ほどの女性だった。

「話はしてないので確かとは言えないんですけど、たぶんそうじゃないかと思うんですよねえ……」

「どちらで見かけたんでしょう」

「駅の北口の商店街にある『キッチンセボン』っていうお店です」

「いつ頃のことです？」

「去年の春頃までは何度か……最近は見かけていませんね」

「そのお店にお客さんとして何度も来ていたということでしょうか」

「いえお客さんじゃなくて、従業員。厨房にいた人だと思うんですけど、たまに人が足りない時は表に出ることもあって」

「従業員ですか」

みゆきは意外そうな声を出した。この間まで普通に働いていたという女性と、公園で寝泊まりしていた事実がうまく結びつかないのだろう。

「お名前とかは分からないですよね」

「ええ、そこまでは。でも店の人に聞けば分かるんじゃないかしら」

「そうですね。ありがとうございます。『キッチンセボン』ですね」

その後、女性から店の詳しい場所などを聞き取り、その場を後にした。

キッチンセボンは、サンドイッチや洋食総菜の販売と店内での飲食を行っている店ということだった。「セボン」という名は、浦野《うらの》という店主が以前フランス料理店で修業をした経験があることからつけられたようで、店の売りもフランス料理のレシピにヒントを得た総菜や、フランスパンのバゲットを使ったサンドイッチらしかった。コロナ禍になって店内での飲食は一時休業していたが、今は両方とも行っているようだ。

「最後に見かけたのは昨年の春頃ということでしたが……」

駅に向かって歩きながら、みゆきが言った。

「公園で寝泊まりしていた女性を篠崎さんが見かけるようになったのは十月ということでしたよ

ね。お店はすでに辞めているとして、半年足らずの間にそんな風になるでしょうか」

「今それを考えても仕方がない。年恰好や店を辞めた時期などを店主に訊けば、その女性かどうかもはっきりする」

「そうですね……」

みゆきは、どこか浮かない顔で足を進めた。


キッチンセボンは、教わった通り駅北口の商店街のはずれにあった。

店はガラス張りで、四つほどのテーブルが置かれた店内の様子が外からも見えた。午後の三時という中途半端な時間ゆえか、客はテーブルに向かい合っておしゃべりをしている若者カップル一組だけだった。入口の右側に店頭販売のスペースがあり、ちょうどそこに年配の女性従業員がいたため、みゆきが声を掛けた。

「お忙しいところすみません。飯能署の者ですが、ちょっとお伺いしたいことがありまして。店長の浦野さんはいらっしゃいますか」

「あ、はい」

警察と聞いて従業員は驚いた顔をしたが、すぐに「呼んできます」と奥へ消えた。

店に入るのは遠慮して外で待っていると、一分と待たずコックコート姿の中年男が眉間に皺を寄せて現れた。

「浦野さんですか。お忙しいところすみません、飯能署の」

「ここだと店の出入りの邪魔だから」

浦野は、挨拶する間も与えずに店の脇にある路地へと向かう。仕方なくついていくと、しばらく歩いたところで立ち止まり、険しい顔のままこちらを振り返った。

「あの件は妻の勘違いだと言ったじゃないですか。何度も勘弁してくださいよ」

「は？」

みゆきがぽかんとした顔になる。突然何を言い出したのか何森にも分からなかった。

「聞いてないんですか？　あれは、私が自分で転んだのに妻が勘違いをして」

「あの、すみません、何のお話でしょう」

みゆきの言葉に、「え？」と今度は浦野が怪訝《けげん》な顔になった。

「こちらのオーナーの浦野さんですよね。私たちは飯能署刑事課の者です。以前こちらに勤めていた従業員の女性についてお訊きしたいことがあって伺ったのですが」

「従業員？」

「はい。実は、南町の玉手公園というところで、昨年の十月頃からたまに寝泊まりしているという女性について、こちらで働いていた方ではないかという情報が寄せられまして。確認のためにお伺いしました。六十代半ばから後半ぐらいで、身長百五十センチから百六十センチほど。痩せ気味の女性なのですが、お心当たりはないでしょうか」

「玉手公園？　うちで働いていた？」

浦野はみゆきの言葉を繰り返す。

「はい」

苛立ちから安堵、そして疑念、と表情をくるくると変えていた浦野が、最後は無表情ともいえる顔付きになって、

「さあ」

と首を傾げた。

「何のことかさっぱり」

「昨年の十月頃から公園で寝泊まりしている女性について聞き取りをしている中で、こちらのお店で働いているのを見た、とおっしゃる方がいまして」

みゆきが、もう一度同じことを説明する。

だが浦野は、

「知りませんねえ」

と今度は確信に満ちたように首を振った。

「昨年の春頃までこちらで働いていて、その後お辞めになった六十代ぐらいの女性がいると思うのですが、その方のお名前や、連絡先を教えていただきたいのですが」

みゆきは根気強く説明を繰り返したが、浦野は再び顔に苛立ちを浮かべた。

「そんな女性はうちにはいませんよ。いや、六十代の女性従業員は何人かいますが、その頃に辞めた人はいません。人違いでしょう」

「……そうですか」

「社長」

声の方を見ると、先ほど店頭にいた女性従業員が立っていた。

「森安《もりやす》ファームさんが、お約束だといらっしゃっていますが」

「分かった、今行く」

浦野はみゆきと何森に顔を戻し、

「仕事中なんで、もういいですか」

と告げると、返事も待たずに店の方へと向きを変える。

「お忙しいところ、すみませんでした」

みゆきの言葉を背に、浦野は足早に店へと向かって行った。

その姿を見送りながら、みゆきが得心のいかない顔で言う。

「証言者の記憶違い、ということでしょうか」

「店主があぁ言っている以上、そうなんだろう」

「それにしても何であんな突っかかるような態度なんでしょうね。最初も何か意味の分からないことを言ってましたし……」

何森も、そのことが少し気になっていた。妻の勘違いが何とか。一体なんのことなのか。

「あの、警察の方ですか」

振り返ると、先ほどの女性従業員がまだそこにいて、二人に顔を向けていた。

「はい」

みゆきが答えると、

「お店を辞めた六十代の女性が何とかって」

と口にする。

「あ、はい」

「すみません、ちょっと話が聞こえちゃって」

「いえ、何か」

「その人が、どうかしたんですか」

「いえ。何かご存じなんですか。社長さんは、辞めた方はいない、とおっしゃっていましたけど」

「嘘ですよ」

その言葉を聞いて、何森も女性の話に関心を向けた。

「嘘、というと」

「コロナ禍で客足が減ってから、何人もパートさんをクビにしています。その中には六十代の女性もいます。私も今年六十ですけど、私より五つぐらい上だったから、六十五ぐらいかしら」

「そうなんですか。お名前を教えてもらっていいですか」

「田代《たしろ》です」

「田代さん……ええと、辞めた方のお名前は」

「あ、ごめんなさい。その人は石川《いしかわ》さんです。石川佐知代《さちよ》さん。田代は私」

みゆきが手帳を取り出し、二人の名をメモする。

「石川佐知代さん、六十五歳ほど。店を辞めたのはいつ頃ですか？」

「えーと、去年の四月の半ばぐらいだったかしら」

時期は合う。年齢も。

「田代さんは、石川さんとは親しかったんですか」

「ええ、割と。彼女は厨房で私は店頭販売が中心でしたけど、一緒になることもありましたから」

「ご自分で辞めたのではなく、解雇されたんですね」

「そうです」

「理由はご存じですか」

「いやだからコロナ禍で――一時お客さんが全然来なくなっちゃって。緊急事態宣言が出てた時は店内飲食は止めてましたけど、うちみたいな店は休業補償が出ないみたいなんですよ。店頭販売は続けてましたけど。宣言が明けてからも以前ほどの客足は戻ってきませんでしたからね。私もシフトを半分に減らされて手取りも半分になりましたから大変で。それでもクビにならないだけましでしたけど」

「それは大変でしたね……。石川さんが店を辞めてからお会いになったことは」

「一度だけあります」

「いつ頃です？」

「やめてふた月ぐらい経った頃ですかね」

「そうすると、昨年の六月ころ」

「ですかね」

「石川さんはどんなご様子でしたか」

「大変そうでしたよ。全然仕事が見つからなくて困ってるって」

「ご家族はいるんでしょうか」

「主人と、子供が二人。上の子は……ああ、石川さん？」

「はい」

「石川さんは、一人なのよ」度重なる勘違いに照れながら、田代は答えた。「結婚したことは一度もないみたい」

「そうですか」

「だから余計大変よね。私なんかは収入半分になったって言っても旦那がまあそれなりに稼いでくれてるから。子供にお金はかかるけど……一人だと、ねえ、誰も助けてくれないから」

「そうですね。石川さんの連絡先は分かりますか」

「あー、それがねー、スマホ買い替えた時にデータ消えちゃって。すみません」

「そうですか……」

「あ、でもアパートは分かりますよ。一度行ったことがありますから。細かい住所は分かりませんが、大体の場所は」

「では教えてください」

「地図描きますよ。ちょっといったん店に戻っていいですか」

「はい。あ、あの、石川さんが写ってる写真などはお持ちじゃないですか」

「ああ、写真は、ないですねえ」

「分かりました。すみません、ではアパートの場所だけ」

「はい。じゃ、すぐに戻ってきますから」

田代は小走りで店に戻って行った。


田代から教わったアパートは、そこから徒歩でも十分と離れていない場所にあった。

「公園で寝泊まりしていた女性が、石川佐知代さんという方の可能性は高そうですね」

歩きながら、みゆきが言う。

「そうだな」

「何で社長さんはあんな嘘を」

六十代の女性従業員は何人かいるが、最近辞めた人はいない。浦野ははっきりとそう答えたのだ。

「パートを何人もクビにしたなど聞こえが悪いからか」

「でも今は、どこもそんな感じですよね……」

みゆきの表情が曇った。その理由は分かる。

新型コロナウイルスの感染拡大により、中小企業、特に宿泊業や飲食サービス業においては、女性や学生等の非正規雇用者を中心に解雇や雇止《やといど》めをするケースが増えていた。昨年から担当する事件の多くに、その影響が見え隠れしていたのだ。

六十を超えた女性が仕事を見つけるのは、さらに大変だろう。アパートの地図を渡してくれた時の田代の話からも、苦労が窺えた。

——電話で年齢を言った瞬間に切られるのは当たり前で、面接まで漕ぎつけても落とされてばかりだって。事務の仕事を長くやっていて、経理の経験さえある人だっていうのにねえ……。以前は海外旅行が趣味だったって言ってたけど、今は面接のための交通費すら苦しくて、駅二つ三つ向こうだったら歩いて行ってるって。ご飯は一日一食にして、フードバンクも利用してるって……。

福祉には相談していなかったかと訊くと、

——市役所で生活保護を申請しようとしたらしいんだけど、健康だし、まだ六十代なんだから働けるはずだって窓口で追い返されたって。

年金は貰っていたとしても、アパートの家賃を払ってしまえばいくらも残らなかっただろう。貯蓄があったとも思えない。頼れる人がいなければ失職した瞬間から生活に困ることになるに違いなかった。

訪ねたアパートに、やはり石川佐知代の姿はなかった。

田代から聞いた部屋には別の名前のプレートがかかっており、念のためチャイムを押したが、ドアを開けた二十代の男性は「去年の十月に越してきた。前に住んでいた人のことは知らない」とにべもなかった。

それでも粘って男性から大家の連絡先を聞き出し、訪ねた。

「石川さんが部屋を引き払ったのは、去年の九月です。それまでも家賃は遅れ気味だったんですが、三か月も滞納が続いたので……」

七十代ほどの女性の大家は、警察の突然の訪問に驚き、おどおどした様子で答えた。

「追い出すようなことはしたくなかったんですけど、本当にしょうがなく……」

「入居時の保証人は」

「石川さんのお姉さんでしたけど、お亡くなりになったらしくて。他に身寄りはいないみたいで……」

「こちらを出て、どちらにお住まいか聞いてませんか」

「すみません、分からないんですよ」

大家は申し訳なさそうに首を振る。

「私も独り身なんで、石川さんのご事情には同情するんですけど。こちらも家賃収入で何とかやってるもので……本当にすみません……」

詫びる必要などないのに何度も頭を下げる大家に礼を告げ、辞去した。

アパートを追い出されたとなれば、いよいよ公園で寝泊まりしていた女性が石川佐知代だった可能性が強まる。

この寒さの中、どこで寝泊まりしているのか。少しでも暖を取れる場所があればいいが……。

「一昨年《おととし》の十一月に起こった、都内のバス停でホームレスの女性が殺害された事件を覚えていますか」

みゆきの言葉に、肯きを返した。

実は何森もその事件を想起していたのだ。

二〇二〇年十一月。東京都渋谷区幡ヶ谷《はたがや》のバス停で、六十四歳のホームレス女性が殺害された。所持金は僅《わず》か八円だったという。

女性はその年の二月までスーパーで試食販売員として働いていたが、コロナ禍の影響か仕事を失い、四月頃からバス停のベンチで夜を明かす姿が目撃されるようになった。人の迷惑にならないよう、終バスが出た二時頃に来て始発が来る時刻にはその場を離れていたというが、傷害致死の疑いで逮捕された男は、「彼女が邪魔だった」と犯行動機を語った。

女性が劇団に所属していた若い頃の写真が公開されると、世間に「普通の女性だった彼女がなぜ?」と衝撃が広がった。半月後には、女性を追悼《ついとう》する集会とデモが開かれ、百七十人もの人が参加した。会場には「彼女は私だ」というポスターを持った女性たちの姿が多く見られたという。「なぜ助けを求めなかったのか?」という疑問も投げかけられたのだったが。

何森は、生前の女性を知る人が語っていた「彼女が弱音を吐いたり、人を頼ったりするのを見たことはありませんでした」という言葉が強く印象に残っていた。

――アパートを引き払わざるを得なくなった後、仕事を増やしてもらうよう派遣元の会社と交渉しているのを見たこともあります。誰にも頼らず、自分の力でなんとか生活を立て直そうという強い意志を感じました。

その「強さ」ゆえに助けを求めることができなかったのかもしれない。

石川佐知代という女性は、どうだったのだろうか――。

「あの事件があって知ったんですけど」

みゆきは話を続けた。

「全世代で最も貧困率が高いのは六十五歳以上の高齢単身女性だそうです。単身女性の貧困率はそもそも高くてコロナ禍以前から四人に一人が貧困だそうですが、六十五歳以上になると二人に一人まで跳ね上がります。年金だけでは生活できなくて、働かざるをえない人も少なくないそうです。この前、茨城県の菓子工場で火災事故が起きたのをご存じですか？　その時亡くなった六人のうち、四人が六十代後半から七十代の女性だったそうです。女性たちは深夜勤で働くパート清掃員で、午前二時までベルトコンベヤーの清掃に当たっていて火災に巻き込まれたと……」

みゆきの口調には、悲痛な響きがあった。

何森は二親ともすでに亡くしていたが、彼女の母親は確か、七十歳を超えて単身生活を送っているはずだ。他人事ではないのだろう。

「生活保護の受給のハードルもいまだ高いし、年金も……。うちの場合、亡くなった父が会社員だったので母の年金額もそれなりですが、未婚の場合、四十年以上加入していても受け取れる年金額が十万円に満たないのはザラだそうです。未納期間があればなおさら少なくなります。そもそも働く女性の賃金自体が低くて、非正規雇用の七割は女性でその八割以上が年収二百万未満ですから」

石川佐知代も六十代半ば。同じ事情を抱えていたのだろう。

仮に公園で寝泊まりしていた女性が佐知代だったとして、なぜ公園のトイレなどに火をつけなければならなかったのか。

「もしかしたら」

同じ疑問を抱いていたのか、みゆきが言った。

「わざと警察に捕まろうとしたんじゃないでしょうか。刑務所に入りたくて……」

確かに、そういう理由で軽微な罪を意図的に繰り返すケースは少なくなかった。

罪を償い出所しても居場所がなく、本来は必要な福祉サービスが受けられない高齢者や障害者の中には、「刑務所の方がまし」と累犯《るいはん》に及ぶ者がいる。しかし。

「石川佐知代であるにしろ別の者の犯行にしろ」

何森は答えた。

「もし刑務所に入りたいのならば自首してくればいい。そうしないのには違う理由があるのだろう」

「――そうですね」

みゆきの切り替えは早かった。

「佐知代さんが立ち寄りそうな先を当たってみましょう。もう一度田代さんに話を聞いて、それに浦野さんも追及しなければなりませんね。なぜ佐知代さんを解雇していないなんて嘘を言ったのか」

何森の返事を待たず、歩き出した。

3

「ああ、石川さんね。彼女、六十を超えてましたか。ちょっと分からなくて」

「キッチンセボン」を訪れ、仕事中の浦野に佐知代のことを告げたが、浦野はしれっとそう答えた。

「従業員の年齢を把握していないんですか」

みゆきの追及にも、「すみませんね、あの時はバタバタしていたもので。業者も待たせていましたし」と涼しい顔だ。

「石川佐知代さんを解雇したことに間違いないんですね。いつのことです」

「ちょっと待ってください。先ほどから解雇解雇っておっしゃっていますけど、契約満了ですから。解雇じゃありませんよ」

「雇止めということですか。理由は何です？」

「そんなことお答えしなきゃいけないんですか？　一体何なんです？　これって何かの捜査なんですか？　石川さんが何かしたんですか」

「そういうわけではありません。ちょっと確認のために話を聞きたいだけです」

「じゃあもういいでしょう。仕事中なんですよ」

「石川さんが今どちらにいらっしゃるかご存じないですか」

「そんなの知りませんよ」

「転居先も？」

「知らないって言ってるじゃないですか」

半ばキレ気味に浦野は答えた。

「では石川さんの連絡先だけ教えてください。携帯電話の番号はご存じですよね？」

「そりゃ知ってますけど、個人情報ですからねぇ」

難色を示していた浦野だったが、みゆきが「ご協力お願いします」と低姿勢に頼むと、

「じゃあ教えますけど、今はもう使ってないと思いますよ」

と渋々自分の携帯電話を取り出した。

十一桁の番号を伝えると、「じゃ、いいですか」と携帯を仕舞う。

「辞めてからも連絡をとっていたんですか」

何森が訊いた。

「え?」

「今は使ってないかもしれないと。掛けたら通じなかったんですよね。いつのことです?」

「え、いや、いつだったかな……」

それまで口を開かなかった何森から急に問いかけられ、明らかに動揺していた。

「辞めてちょっとした頃だったから……ええと……」

「昨年の五月頃?」

「……そうですかね……はっきり覚えてませんが。すみません、もういいですか。本当に忙しいもので」

返事を待たずに、浦野は仕事に戻って行った。

浦野から聞いた番号に電話を掛けたが、「おかけになった番号は……」というアナウンスが流れるだけだった。ホームレスになっても携帯だけは手放さない者もいる。そこに望みを繋いだのだったが。

「雇止めだったにしても、解雇予告や理由の説明とかしなければならないはずなんですけどね。あの人、絶対そんな手続き踏んでないですよね」

みゆきが、憤然《ふんぜん》と言った。

「辞めさせた時期もはっきり覚えてないなんて、本当にいい加減」

彼女の憤りは分かるが、今は浦野のことより佐知代の足跡を追うのが先決だった。

そう言うと、みゆきもようやく「そうですね」と気を取り直した。

「でも田代さんもあれ以上何も知らないって言っていましたし、他に……」

田代に再度佐知代の情報を求めたのだが、新たに得られるものはなかった。他に佐知代と親しかった従業員もいないらしい。

「もう一度公園に行ってみましょうか」

「そうだな……」

応じはしたものの、再び公園に姿を現わしているとは考えにくかった。行き場を失った者や生活に困窮した者が頼りそうな場所……と考えていて、ふと思い出した。

「『二つの手』というＮＰＯを覚えてるか」

「『二つの手』……ああ」

みゆきも思い当たったようだ。

「所沢《ところざわ》署時代の、あの事件の時の」

みゆきが言っているのは、もう八、九年も前の、あるホームレスが殺害された事件のことだ。県内の大物実業家や政治家までも巻き込んだ大きな事件に発展し、その頃県警本部にいた何森は所沢署に設けられた捜査本部に派遣されて、当時まだ交通課勤務ながら助っ人として駆り出されていたみゆきと共に捜査をしたのだった。

その時の被害者を支援していたのが、「二つの手」だった。

「あの後も一度、世話になったことがあってな。あそこだったら何か情報を持っているかもしれん」

再度そのNPOを訪れたのは、四年あまり前のことだった。身元不明の遺体として発見されたやはりホームレスの男について尋ねたのだ。

そのホームレスは「聴こえない男」だった。考えてみれば、その二件とも荒井尚人《なおと》――みゆきの夫で手話通訳士である男の手をわずらわせているのだった。

「あそこは狭山《さやま》署の管轄になりますね。一言断ってから行きましょう」

みゆきは早速携帯電話を取り出した。


「二つの手」の事務所は、以前と同じく入間《いるま》駅近くの雑居ビルの二階にあった。十坪ぐらいしかない狭い部屋に簡素な事務机が置かれているつくりも変わらない。

変わったと言えば代表の武田《たけだ》で、最初に会った時には四十歳になるかならないかで若々しく見えた彼もいまやすっかり中年になっており、腹回りに貫録を感じた。

「残念ながら、そういう女性の存在はうちでは把握していませんね……」

武田は申し訳なさそうに首を振った。

「お聞きしたような状況だと、行政も端《はな》から期待できないでしょうからねえ」

四年前の時には行政が関知しないホームレスたちまで幅広く支援していたため、期待したのだったが。

「助けを求めたとしても、公的な支援に繋がることができないということですか」

みゆきが横から訊いた。

「当てにはできませんね。そもそも女性の貧困は国がつくりだしたとも言えますから」

武田は皮肉な口調で言った。

「『女性は誰かに依存するのが当然』というモデルを作り出したのは国ですから。未婚のうちは親に、結婚すれば夫に。夫が亡くなれば遺族年金か子供頼み。そのモデルに沿って政策が実行されてきたわけです。だからそこからはずれてしまったシングルマザーや未婚の単身女性などはそもそも公的支援の対象外で、さらにコロナウイルスが追い打ちをかけて……」

皮肉な調子から、怒りが込められた物言いに変わっていた。

「他にホームレスを支援している団体はないのか」

「積極的に見回りや炊き出しをやっているのは、ここら辺りだとうちぐらいでしょうね。所沢に一つ、女性シェルターがありますが、あそこはＤＶなどを受けた人が優先されますから。他には……」

考え込んでいた武田が、顔を上げた。

「フードバンクには行ってみましたか」

「フードバンク？」

「利用者はひとり親世帯など女性が多いですから、そういう人でも行きやすいかもしれません」

「そう言えば、田代さんの話の中にもありました」みゆきが言った。「フードバンクも利用していると」

「それなら」と武田が肯く。「継続して利用している可能性はありますね」

「どこのフードバンクを利用していたか、分かるか？」

「ここら辺りだと……」

武田は、早速調べてくれた。

フードバンクとは、まだ安全に消費できるにもかかわらず、様々な理由で廃棄せざるを得なくなった食品を企業や個人から提供してもらい、必要な人に無償で提供する活動のことだった。支援したい人からの提供を受け付けることをフードドライブといい、集まった食品を配布する場所や作業をフードパントリーというらしい。

県内でフードバンク活動を行っている団体はいくつかあるが、飯能市を含む西部地域を対象エリアとしているＮＰＯを武田に教えてもらい。そこに問い合わせをした。

月に一度、そのＮＰＯが運営するコミュニティカフェで配布を行っているという。基本的には近隣に住む者が対象で、事前の申し込みが必要らしい。運よく数日後が開催日に当たったため、配布場所まで行ってみることにした。

さほど広くない店内の四隅に長テーブルが置かれ、箱で分けられた食品が並べられている。それぞれに「一家庭2個」「3個」などと書かれた紙が貼ってあった。食品の種類は様々で、お菓子やパン、米に乾麵、カップ麵に缶詰、レトルト食品など。訪れた人たちは受け付けを済ませた後、それぞれに食品を手に取り、持参したバックなどに詰め込んでいた。

ひとり親世帯や生活困窮者が主な対象ということで、小さな子供を連れた女性の姿がやはり多かった。

「コロナ禍以降、ひとり親世帯などの申し込みが倍になりましたね」

対応してくれた担当者の女性が、説明する。彼女自身もシングルマザーで以前はここをよく利用していたと言う。

母子連れと並んで目立ったのが、外国人の姿だった。

「外国人の方も最近は多いです。以前は二割程度でしたけど、今は半分近くが外国の方かもしれません」

県内でも外国人コミュニティがある川口《かわぐち》市や蕨《わらび》市、戸田《とだ》市などに比べれば、この辺りは在日外国人の数は少ないが、それでも中国人やベトナム人などを中心に利用者は増えているらしい。

「やっぱりコロナ禍が影響してるんでしょうか」

みゆきの質問に、担当者の顔が曇る。

「ええ、コロナ前に留学や技能実習で来日して、コロナ禍になってバイトができなくなってしまったり解雇されたりしている人が増えているようです」

みゆきが、ちらりと視線を送ってきた。

あの件を想起したのだろう。

昨年のことだった。ベトナムから来日していたグエン・ホアという技能実習生の女性が、勤めていた会社の上司である男性をナイフで刺すという事件が起き、何森とみゆきが担当した。傷の方は大したことはなかったが、ホアは逃亡し、それきり行方が分からなくなっている。

捜査の過程で、ホアの逃亡を助けたと思われる組織の存在が浮上した。その存在を確かめられたわけではないのだが、何森は、その支援組織のトップと思われる女性と接触したという確信があった。

フオンと名乗ったベトナム系日本人――。

「あの後」の記憶が一気に蘇った。

ホアの同僚であるリエンの携帯の通話履歴に番号が残されていたことで、何森はフオンに連絡をとったが、繋がらなかった。

何森はそれまでの経緯をみゆきに話し、フオンこと南野理恵《みなみのりえ》から聴取する必要があることを告げた。

「なぜ私に隠してたんですか」

あの時、みゆきにしては珍しく、何森を責める声を出した。

「隠していたわけじゃない。『クー・バン』という組織と今回の件が繋がっているかは不明だった。その可能性が強まったので、今話している」

「クー・バンのことじゃありません。フオンさんのことです」

「フオンの？　何を隠していたと？」

「……何でもありません」

みゆきは、急に事務的な口調になって続けた。

「フオンさんが通訳の後リエンさんの部屋に残った際に、携帯電話の番号を交換したのかもしれません。履歴があっても不思議はありませんが、どんな会話を交わしたのか訊く必要はありますね。身元を調べてみます」

すぐに分かったらしく、みゆきが伝えてきた。

「南野理恵さんという方は、大手流通グループ『カリオン』本社の営業担当常務でした」

その会社の名前は何森でも知っていた。「超」がつく一流企業だ。そこの役員――。

「上に無断で聴取はできません」

仕方なく、係長の臼井に報告を上げた。だが予想通り、

「それだけの理由で聴取など許可できません」

と一蹴された。

「諦めるしかありませんね……」

みゆきは残念そうに言ったが、何森は諦めきれなかった。

確かに、みゆきや臼井の言う通りかもしれない。だが、いつか佐々木《ささき》から聞いた「医師や企業、法曹関係者や行政の内部にまで共鳴する人間がいる」「代表は日本人らしいが、英語はもちろん、ベトナム語やフランス語も堪能」などの情報から――いや何よりも何森の刑事としての勘が、フオンこそが公安の外事課ですら正体を摑めていない組織のトップなのだと告げていた。

何森は後日、みゆきにも無断でカリオンの本社を単身訪れ、南野理恵に面会を申し込んだ。追い返されるかと思ったが、意外にも豪華な応接室に通された。

しかしドアを開け現れたのは、フオンではなく弁護士の名刺を手にした男だった。

「南野から、何森さんにはお電話をいただきながら折り返しもせず失礼したと伝言を預かっています」

戸塚《とつか》という弁護士は、丁寧な口調でそう言った。

「何森さんがお尋ねになりたいこともおそらく承知している、と。ファム・リエンさんの件ですね」

何森は肯いた。

「リエンの携帯に、南野さんとの通話履歴があった。その理由についてお聞かせ願いたい」

「リエンさんには、何か困ったことがあればと私用の携帯電話の番号を教えたそうです。個人的な相談事で二、三度、電話で話したそうです。内容については申し訳ありませんが言えません」

「知りたいのは、グエン・ホアという女性の居場所についてだ。南野さんに直接訊きたい」

「残念ですが、お伝えできるのはここまでです。南野は、何森さんの熱心な捜査活動に敬意を払っています。今日私がお会いしたのはそれゆえです。しかしこれ以上何かお尋ねになりたいのであれば、正式な手順をお踏みください」

そう言って戸塚が立ち上がる。話は以上、ということだろう。

仕方なく何森が立ち上がった時、

「ああ、南野からもう一つ伝言がありました」

と戸塚が言った。

「ベトナムのコーヒーは試してくれましたか、と」

それだけ言うと、「失礼いたします」と慇懃《いんぎん》に頭を下げた。

それ以上の南野理恵――フオンとの接触は諦めるしかなかった――。


「それで、電話でも問い合わせた人の件ですが」

みゆきの声で我に返った。フードバンクで石川佐知代について問い合わせているところだった。

「ええ、確認しました。利用履歴だけはお伝えできます」

担当者が紙片を取り出し、答える。

ここに限らず、フードバンクの申し込みには身分証の提示が必要なため、記録が残っているはずだった。個人情報だが「捜査に必要」ということで特別に開示してもらえるよう依頼していたのだ。

「お尋ねの方についてですが、初めてのお申し込みは昨年の六月で、それからは毎月お申し込みになっていますね。最後に利用されたのが、昨年の十一月です」

「キッチンセボン」を解雇された二か月後から利用を始め、公園に姿を見せるようになった頃まで利用していたということになる。

「昨年の十二月からは利用されてないのですね」

「はい」

「ありがとうございました」

石川佐知代から再び申し込みがあったらすぐに知らせてほしいと頼み、カフェを出た。

「公園にも、昨年末ぐらいから姿を見せなくなったと篠崎さんは言ってましたよね」

みゆきが言った。

「支援や保護をしてくれる団体と結びついたのでしょうか」

「『二つの手』でも把握していないぐらいだからな……」

みゆきが不安気な顔を向けてくる。何森と同じ可能性を考えているのだろう。

病気や怪我で入院したか、あるいは――行き倒れたか。

九月にアパートを引き払い、そこからおそらく路上生活になったのだろう。六月から十一月まではフードバンクを利用し、何とか食いつないだ。寝泊まりは公園、篠崎に見つかり注意されたら他の場所を探し――しかし十二月末には、フードバンクにも公園にも姿を見せなくなった。

どこかで行き倒れていた場合、仮に身分証などを所持していたとしても本人と断定できなければ行旅《こうりょし》死亡人《ぼうにん》として扱われる。

そうなれば、すでに自治体の方で火葬されている可能性が高い。官報に掲載されている公告や保管されている遺留品などを当たれば、該当者がいるかどうかは分かるはずだった。

市役所に出向いて行旅死亡人について調べる前に、念のためにもう一度公園を訪れた。

まずは現場である女性用トイレの中をみゆきに確認してもらう。焦げの跡は残っていたが、普通に使用されているようだ。

「特に何も変わった様子はありません」

出てきたみゆきが言う。

「そうか」

二人で、管理事務室へ向かった。午後四時過ぎ。まだ篠崎がいる時間だった。

「あ、ご苦労さまです」

事務室の小窓を叩いた二人に気づき、篠崎が立ち上がる。

「お疲れさまです。その後、異状はありませんか」

みゆきの問いかけに、篠崎は「はい、あれからは何も」と答える。

「例の女性は現れていませんよね」

「はあ、見てません」

「何か不審なことがありましたらすぐにご連絡ください」

「承知しました」

愛想良く答えた篠崎は、何森と目が合うと慌てたように逸《そ》らした。

これまでの録画映像から石川佐知代を特定するよう指示されるのを恐れているのだろう。

しかし、そう依頼することはないだろう、と何森は思った。

石川佐知代は、シロだ。

ボヤが起きた時には、おそらくもう――。

その不幸な末路を想像することは、捜査が白紙に戻ってしまったことも意味していた。

入ってきたのと反対出入口の方に向かうと、ベンチに、前に来た時にも見かけた制服の少女の姿があった。

「ちょっと話してきてもいいですか」

みゆきが言った。再度の聞き込みの必要は感じなかったが、止める理由もない。何森が肯くと、みゆきはベンチに歩み寄った。

声を掛ける前に少女の方が気づき、会釈《えしゃく》をしてくる。

「こんにちはぁ」

みゆきは柔らかい声を出し、ベンチに近づく。何森は少し距離をとって携帯電話をかける振りをした。

「また会ったわね」

少女が小さく肯く。

前回同様マフラーはしているがコートは着ておらず、冬の公園で長居をするにはいかにも寒そうだった。

「今日も学校の帰り?」

少女が無言で肯く。

「こんなところにいて寒くない？」

彼女はやはり黙ったまま首を横に振った。

「何か家に帰りたくない事情があるのかな。良かったら話聞くけど」

少女は答えなかった。

「お母さんはおうちにいるの？」

少女が、みゆきのことを見た。

「この前話していた女の人、見つかりましたか？」

「え？」

ふいの質問に、みゆきが戸惑いの表情を浮かべる。

「刑事さんたちが探してた女の人」

「ああ――まだ見つからない」

「そうですか……」

マスク越しにも、その表情に僅かな変化があったように見えた。

少女が、再び尋ねた。

「その人、何かしたんですか？」

みゆきは首を振る。

「訊きたいことがあっただけ」

みゆきの言葉が過去形になっていたことに少女は気づかなかったようだ。

「見つけたらどうするんですか。話を聞いて、終わり？」

みゆきはすぐに返事をしなかった。それまで寡黙《かもく》だった少女が続けて問いかけてくることを訝《いぶか》っているのだろう。

ややあって、みゆきが答えた。

「何か困ってることがあったら、力になってあげたいって思う」

その言葉が少女に向けられているのは明らかだった。

だが彼女は、挑戦的な目でみゆきのことを見返した。

「警察は、その女の人を助けてあげられるんですか」

みゆきの顔に困惑が広がる。

「……助けたいと思ってる」

「捕まえて、収容するだけじゃないんですか」

「収容？」

少女は、下を向き、何事か呟いた。

何森のところまでその声は届かない。

少女がふいに立ち上がった。

「さようなら」

ぶっきら棒に告げると、足早に歩き出す。

「あ、ちょっと」

みゆきが呼び止めたが、彼女は立ち止まらず、そのまま歩き去って行った。

まだ少女の後ろ姿を見送っているみゆきに、何森は近づいた。

「最後に何て言ったんだ、あの子？」

「……分かりません」

「聞き取れなかったか」

「いえ、声は聞こえたんですが、外国の言葉で――確かとは言えませんが、フランス語だと思います」

「フランス語……」

意外だった。あの少女がフランス語を口にしたこともだが、みゆきがフランス語だと分かったことも。

偏見だ、とすぐに何森は自分を恥じた。

「捕まえて、収容するだけ……」

みゆきが、呟いた。先ほど少女が発した言葉だ。

「そんな言葉、普通の中学二年生は使わないですよね」

収容する。漢字だけで言えば習っているかもしれない。だが確かに、「普通の」中学生の口から出る言葉ではなかった。

4

公園周辺の聞き込みは続けていたが、収穫はなかった。管理事務室にも三《み》度《たび》赴《おもむ》き、前後数日間の防犯カメラの映像を見せてもらったが、これといって気になる人物の出入りは見当たらない。

事件当夜の映像も再度確認したが、新しい発見はなかった。

「県西部地区の消防車の出動については、全部確認したな」

署に戻ってから、何森はみゆきに訊いた。

「はい。火災はもちろん『警戒』についても、ひと月前の分から全て」

「警戒」とは「警戒事案」のことで、建物で火災報知設備が鳴動したり、ガス漏れ事故や電気製品が発火したりなど「火災かどうかは確定できないが万一の事態を考慮して消防隊が警戒のために出動する」ものを指す。

火災だけでなく全ての事案について対象地区の消防に問い合わせ、公園のボヤとの類似点を調べたが、気になる点はなかった。

「救急はまだだったな」

何森の言葉に、みゆきがキョトンとした顔になる。

「――ええ、救急については未確認です」

「念のため当たってみよう。とりあえず当夜、ボヤ前後の時間帯だけでも」

「分かりました」

一一九番への通報は、火災や警戒事案だけでなく、もちろん救急要請もある。調べたところ、ボヤの前後一時間以内に、七件の救急出動があった。そのうち、五件は所沢や入間など他市で、飯能署の管轄内に限れば、十一時一分と零時十二分の二件。後者はボヤの時間帯により近かった。

あのサイレンか。

何森は思い当たる。みゆきから連絡があった夜、消防のサイレンからしばらくして救急車のサイレンを聞いていた。

「念のため、両方とも詳細を問い合わせてくれ」

「分かりました」

何森とて、何かの期待があって言ったわけではなかった。

しかし。

消防に電話で問い合わせていたみゆきの声が、突然高くなった。

「すみません、もう一度！　通報してきたのは『キッチンセボン』の⁉」

その言葉に、何森も思わず詰め寄った。

視線を何森に向けながら、みゆきが電話に応対する。

「はい。通報者は東町、五の二、キッチンセボン経営者の妻、浦野香苗《かなえ》。それで、要請の内容は」

向こうの答えを聞いたみゆきの顔に驚きが広がるのが見て取れた。

「分かりました。いえ、それはまだ何とも。こちらで再確認して、またお電話するかもしれません。よろしくお願いします。はい、失礼します」

電話を切ったみゆきが、何森に向き直る。

「零時十二分の救急要請は、キッチンセボンの浦野の妻からのものでした！」

「救急要請の内容は」

「夫が店に忘れ物を取りに行くと出て行ったきり戻ってこないので心配して見に行ったところ、浦野が店の事務室で気を失って倒れていたと。それで一一九番したそうです」

「大きな外傷はなかったんだな」

浦野に会ったのはその数日後だ。どこにも怪我したような様子はなかった。

「はい。昏倒《こんとう》していたので驚いて一一九番したそうですが、倒れた拍子に頭部を床に打ち付けて一時的に失神しただけで外傷などはなかったそうです。それより、消防が言うには浦野の妻は同時に一一〇番もしていたはずだと」

「一一〇番⁉」

　さすがに大きな声が出た。

「はい。店に強盗が入り、浦野が襲われたものと妻が勘違いしたそうで」

「勘違い——本当に勘違いだったのか？」

「はい。浦野は搬送中に意識が戻ったらしく、自分の不注意で転倒しただけで、強盗など入ってない、と言ったそうです」

　——あの件は妻の勘違いだと言ったじゃないですか。何度も勘弁してくださいよ。

　店を訪ねた時に浦野が発した不可思議な言葉の意味が、今分かった。

　ボヤがあったのと同じ夜、一一〇番《マルデン》通報を受けた指令室から「強盗事案発生」の報が入り、強行犯係の捜査員たちが臨場したのだ。

　——他の捜査員たちは別件で出払っていて、私と何森さんに臨場せよとの指示が。

　——誤通報だったらしくて、臨場した班も解散したそうです。

　灯台下暗しとはこのことだ。

　しかし、なぜ。

　強行犯係長の臼井は、マルデンがあったキッチンセボンのことを当然把握している。そして何森たちも、ボヤの件の報告書にキッチンセボンの名を記しているのだ。

「報告書は係長に提出しているんですが……」

　みゆきが口惜しそうに言った。

　読んでいないのだ。

些末な事案だとおざなりに目を通しただけで、「キッチンセボン」の名を見落としているのだ。

何森は、係長の席へと向かった。


「キッチンセボン?」

臼井は、きょとんとした顔で何森のことを見返した。

「そうだ。ボヤの件で参考人として探している女が以前勤めていた店だ。報告書にも書いてある」

「どこですか?」

明らかに面倒臭そうな態度で、臼井が報告書を引っ張り出す。

「確認無用だ、書いてあるのは間違いない。ボヤがあった直後の時間帯に強盗事案でのマルデンがあったな。誤通報だということで事件化には至らなかった件だ」

「強盗事案……ああ、ありましたね。奥さんの勘違いだったやつ」

「そうだ、その通報元が、キッチンセボン。同じ店なんだ」

「はあ」

だからどうした、という顔だった。

「偶然にしてはタイミングが合いすぎている」

「偶然ではないとしたら、どうなるんです?」

「……それはまだ分からん」

「分からない」

臼井はわざとらしく復唱した。

「その店に勤めていた女というのが、放火犯《アカウマ》なんですか」

「それも分からん。いや、その可能性は薄いかもしれん」

臼井が眉間に皺を寄せた。

「さっぱり分かりませんね。私にどうしろと?」

「キッチンセボンを調べたい。強盗があったとしたら、放火と何か関連があるのかもしれん」

「いや、強盗はなかったんでしょう?」

「それを確かめたいんだ」

「何森さん」

臼井は、うんざりした顔になった。

「放火の件は何森さんたちにお任せします。きっちり調べてください。しかしもう一つの件については誤通報だということがはっきりしてるんです。今さら調べる必要はありません」

「なぜ浦野の妻は『強盗があった』と一一〇番した。そう思う根拠が何かあったんじゃないか?」

「その件は報告を受けています。夫が店で倒れていたのでてっきり誰かに襲われたと勘違いしてしまった、と」

「それだけで救急はともかく一一〇番までするのは不自然だ」

「倒れていた本人が『自分の不注意で転倒した』と言ってるんですよ」

「強盗は非親告罪だ。被害届がなくとも捜査はできるはずだ」

「臨場した班は、念のため、ガラスが割られているとか錠が壊されているかなどの被害がないか確認しています」

「何もなかったわけか」

「ありませんでした」

それでは、本当に強盗ではなかったのか。

しかし、何森たちが訪れた時の浦野の態度――誤通報の件の再確認だと思ったに違いない。しかしそれだったら普通はもう少し申し訳なさそうな態度で接するものではないか？

あの時の浦野は、はっきりと迷惑――いや、明らかにその件をほじくり返されるのを嫌がっていた。

「店の入口に防犯カメラが設置されているはずだ。確認させてほしい」

前回訪れた際に、カメラの存在は確認済みだった。記録された映像を見れば、通報のあった直前の時間帯に店に侵入者――浦野以外の人間の出入りがなかったか確かめることができる。

「事件でもないのにそんなこと強要できませんよ」

「強要じゃなくていい。頼んでみてくれ」

「どういう理由で」

「理由なんてどうとでも言えるだろう」

「言えませんよ」

「臼井」

「――何です」

「お前には貸しがあったな」

「貸し？　何のことです？」

「どれでもいい。刑事《デカ》になって初めて遺体《ホトケ》の見分をした時に俺の靴にもどしたこと、覆面パトのサイレンを流してしまい犯人《ホシ》を逃がしたこと、お前が紛失《なく》した証拠品《ブツ》を俺が署中のゴミ箱を探して見つけ出して――」

「分かりました分かりました、もういいです！」

何森を押しとどめるように臼井は両手を差し出した。

そして心底嫌そうな顔で呟く。

「だから何森さんと一緒の係にはなりたくなかったんだ……」

「頼めるな」

臼井は、恨めしそうな表情で何森のことを見上げた。


別件で出ていたみゆきとは現地で合流することにして、何森は先に「キッチンセボン」へと向かった。

駅の改札を出たところで、臼井から連絡がきた。

「壊れていたそうです」

臼井は開口一番そう言った。

「あん？」

「防犯カメラです。前から故障していて、あの日に限らず、何も映っていないそうです」

絶句した。何という言い訳だ。

「――信用できん。本当に壊れているか確認させてくれ」

「いい加減にしてください。この件はもうこれで終了です」

臼井は断固たる口調で告げた。

「それと、もう『キッチンセボン』には近づかないでください。断りなしに元従業員のことを調べ回られて迷惑している、風評被害になりかねない、って文句を言われてしまいましたよ」

反論する間も与えず、臼井が続ける。

「浦野という男に、一体何の疑いがあるんですか？　従業員を解雇した？　誰かに襲われたのに襲われていないと嘘を述べている？　何森さんの妄想に付き合ってるヒマはありません。何の容疑に当たるのか、捜査したいならきちんと手順を踏んでください」

口惜しいが、臼井の言う通りだった。

現時点で浦野には何の容疑もない。

キッチンセボンの捜査は、諦めるしかなかった。

しかし、あの男は間違いなく何かを隠している。

それは一体、何なのだ――。


捜査が行き詰ったら現場へ戻るという鉄則に従い、みゆきとの合流場所を公園に変更した。向かっている途中、携帯に着信があった。また臼井か、と思ったが違った。

「国捜　佐々木」という名が表示されている。昨年、ベトナム人の技能実習生の件で世話になった相手だった。

歩きながら通話ボタンを押す。

「何森だ」

「国捜の佐々木です。ご無沙汰しております」

いかにも抜け目のなさそうな姿を思い起こしながら、「いつかは世話になった」と応じた。

「あまりお力にはなれなかったようですけど」

「そんなことはない、いろいろためになった」

「そう言っていただけると、用件も切り出しやすくなります」

佐々木が含みのある言い方をした。

「何だ」

「実は、今うちが追っている案件で、仮放免中に逃亡したコンゴ民主共和国出身の女がいるのですが、飯能市内で見かけたという情報が入りましてね。ついでの時でいいのでちょっと調べてもらえたら、と」

「調べろと言われてもな——」

逃亡中の外国人について調べる「ついで」などあるわけもない。

「気にかけておいていただけるだけでいいんです。何かの事件にからんでアフリカ系の外国人女性についての情報が出てきたら教えてもらえれば」

「それぐらいならできるが……」

佐々木には借りがある。その程度のことであればもちろん構わなかったが、どうも腑に落ちなかった。

「その女性は何か事件を起こして逃亡しているということか?」

「いえ、そういうわけではありません。昨年の十月に設定されていた出頭日に出頭せず、与野《よの》の居住先からもいなくなって……その時点で仮放免は取り消しになりますから不法滞在には当たりますが」

「その程度で、国捜が扱うのか?」

答えるまで、少し間があった。

「何森さんだからお伝えしますが」

佐々木の口調が少し低くなる。

「実はその女の逃亡を助けているのが、例の『クー・バン』らしいんです。これを機に挙げたいんですよ」

すぐに言葉が出なかった。

「どうかしましたか？」

「――いや分かった。気にかけておく」

「お願いします。女の名前は、レイラ・バンザ。四十五歳。日本在住はもう十五年ほどになるので日本語は達者です。来日時は夫と二人でしたが、夫は五年ほど前に死亡。二人の娘を連れています。上の娘は十四歳、下の娘は十歳。レイラの写真を後でメールしますので」

アフリカ系の外国人女性の十四歳の娘――ふと、気になった。

「娘は二人とも日本生まれなのか」

「そうです」

「名前は」

「娘の名前ですか？　えーと……上の子がアミラ。下の子がコニーです。何か気になることでも？」

「いや……教えてくれ。仮放免というのは聞いたことはあるが、具体的にはどういうことなんだ」

「ああ、そうですね」

佐々木が、簡単にレクチャーしてくれる。

「在留資格のない外国人が摘発されて退去強制処分を受けると、原則的には全員入管に収容されるんですが、そのうち病気その他やむを得ない事情がある場合は一時的に身柄の拘束を解かれるんです。それが『仮放免』です。『事情』の中には、自国へ戻ると迫害されるなどの理由で『難民認定』の申請中である場合も入ります。結果が出るまでには数か月、異議申立てをすれば二年ほどかかり、さらに複数回の申請に及べばその間は拘束されずに済みます」

「その仮放免中ならば、子供は学校には通えるのか」

「通えます。外国人学校に通う者もいますが、大抵は地域の公立校に——さっき言った二人の娘も与野の市立小・中に通っていました」

公園で見かけたあの少女も中学校の制服を着ていた。みゆきが言うにはここら辺りの学校ではない、と。

「仮放免中ならば、仕事にも就けるんだな」

「いや、就けません」

佐々木は当然のように言った。

「実は、端から就労目的の不法滞在で、強制退去を免れたいために難民申請をしている外国人も多いんです。そういう連中は仮放免になると逃亡して、隠れて就労するわけです。そうと分かって低賃金で雇う連中もいて、それはもちろん不法就労助長罪に当たります。最近は、コロナ禍で施設内の密集を避けるために仮放免が増加しているという事情もあります」

「そう言えば、入管法がまた改正されるとかいう話もあったな」

二年程前に新たな在留資格などを加えた入管難民法について、再度の改正案が国会に提出されたというニュースは、何森も見ていた。

「ああ、問題はそれなんですよ」

佐々木の声色が少し深刻なものになった。

「ウィシュマさんの件があっていったん廃案になりましたが、入管難民法の改正案では、同じ理由で三回目以降の申請は送還可能になり、強制送還を拒む人に対しては刑事罰を加えられる可能性もあることが盛り込まれていました。実は、それを恐れて逃亡する者が増えてるんです。私たちが追っているレイラという女もそのクチなんですが、かなり過激でしてね、一度、確保しようとして逃げられた時には、スタンガンを使われました。なので見つけたとしても油断しないでくださいね。それじゃあよろしく頼みます」

電話を切った後、佐々木はすぐにメールを送ってきた。ガラケーで写真が開けるか不安だったが、幸いにして見ることができた。

細かい編みこみの入った黒い髪に褐色の肌。大きな瞳を持つ女性だった。

外国人の顔の区別はつきにくいということを差し引いても、公園で会った少女と顔付きが似ていた。

まさかあの子が、アミラという名の娘なのか……？

しかも、この件に「クー・バン」がからんでいるという。

つまり、フオンが――。

「何森さん」

声に顔を上げると、目の前にみゆきが立っていた。

「お待たせしてすみません」

「あ、いや」

公園の入口でみゆきと待ち合わせをしていたのだった。

「防犯カメラの件は残念でしたが、仕方ありませんね」

「……そうだな」

「私も、係長から何森さんに勝手な行動はさせないようにと釘を刺されてしまいました」

「そうか」

「――どうかしましたか」

「いや、何でもない」

今聞いたばかりのことが頭の中で整理がついていなかった。

二人で、公園の中へと入る。

反対の出入口の近くまで来たが、ベンチにあの少女の姿はなかった。

「今日は、あの子、いませんね」

みゆきも、やはり気になるようだった。

佐々木からの依頼について、話すか迷った。

何森の表情を誤解したのか、「すみません、事件と無関係のことを」とみゆきが謝る。

「いや……」

「でもどうしても気になってしまって。何であの時、彼女はあんなことを呟いたんだろうと……」

「『収容』のことか?」

「それもですが――その後、何かフランス語みたいな言葉を呟いたって言いましたでしょう?」

「ああ」

思い出した。何森には聞こえなかったが確かに何か口にしていた。

「どこかで聞いた言葉だったような気がして、フランス語が堪能な、大学で同級だった子に訊いてみたんです。うろ覚えの私の下手《へた》な発音じゃ分からないだろうと思ったんですが」

「分かったのか」

「ええ、それなら大学の授業で習ってるはずだって。映画のタイトルにもなってる有名な言い回しだったみたいで。それで私も聞いた覚えがあったんです」

「何ていう言葉だ」

「Sauve qui peut」

「うん？」

「ソーヴ・キ・プ」みゆきがもう一度分かりやすく発音する。

「意味は、『全力で生き延びよ』。船が沈没するときに、船長が部下に向かって告げる言葉だそうです。『生き延びることができるものは、全力で生き延びよ』と」

何森は頭の中でその言葉を反芻《はんすう》した。

ソーヴ・キ・プ。

全力で生き延びよ――。

「仮にフランス語が母語だったとしても、『収容』以上にあの年齢の子が口にするような言葉じゃありませんよね……誰かに教わったのかもしれませんが……」

みゆきが、思案気に言った。

「あの時、あの子は、誰に向かってそんな言葉を呟いたんだろうかって……」

彼女がそれほど過酷な生活を送っているということか。

いや、もしかしたら――。

みゆきも同じことを考えていたようだった。

「もしかしたらあの子は、石川佐知代さんのことを知っていたんじゃないでしょうか」

何森のことを見つめながら、言う。

「彼女がいつから公園に来ていたかは分かりませんが、何度も来ていれば見かけた可能性はあります」

「『知らない』と言ったのは嘘だと？」

「分かりません。ただ、探している女性がまだ見つからないと聞いた時、あの子はホッとしたような顔になったんです」

何森も、マスク越しの彼女の表情の変化には気づいていた。

あれは安堵の表情だったのか。

「じゃあ、そのフランス語の言葉は」

「佐知代さんに向けたものなのかもしれません」

みゆきが続ける。

「警察なんかに捕まるな。全力で生き延びよ、と――」

あの子が佐知代のことを知っていた可能性は確かにある。警察が探していると知ってそんな言葉を呟いたのか。あるいは。

みゆきが言った。

「放火はやはり佐知代さんの犯行で、あの子はそれを知っていたという可能性も」

「――いずれにしても、あの子に話を聞く必要があるな」

何森の言葉に、みゆきも肯いた。

「入国管理局のさいたま出張所に問い合わせれば分かるかもしれません。どんな在留資格で滞在しているにしても、更新などで出入りしているでしょうし。アフリカ系外国人の中学二年生の女子と言えば該当者は限られるはずです」

「……アフリカ系に間違いはないのか」

「断定はできませんが、アフリカにはフランス語を公用語とする国は多いので」

「コンゴはどうだ」

怪訝な顔が返ってくる。

「コンゴ、ですか？　なぜです？」

みゆきに、すべてを話すことに決めた。

佐々木からの依頼。コンゴ民主共和国出身のレイラ・バンザという四十五歳の女性が、仮放免中に逃亡して所在不明になっていること。その件に、「クー・バン」がからんでいるらしいこと。

そしてレイラには、アミラとコニーという十四歳と十歳の娘がいる――。

「二人の娘を連れて逃げているということですか？」

みゆきは、ショックを受けているようだった。彼女にも娘が二人いるのだ。

「そうらしい」

「じゃあ学校にも行けてない――」

逃亡中であればそうなる。行く場所もなく、公園で時間を潰していたとすれば合点もいく。

「調べてみましょう。レイラさんの逃亡前の居住先は分かりますか」

「与野だと言っていた」

「与野というと、さいたま市中央区ですね。確か入管のさいたま出張所もその辺りにあったはずです。調べてみましょう」

そう言うなり歩き出したみゆきの後に、何森も慌てて続いた。

5

調べるとは言ったものの、正式な捜査はできなかった。入管を当たりたくとも、臼井から「放火の捜査と何の関係があるんですか」とにべもなく却下されるに違いない。もちろん管轄である浦和西署《うらわにし》に協力を求めることもできない。かといって、今の時点で国捜の佐々木に少女の情報を提供する気はなかった。

みゆきがネットなどで検索したところ、さいたま市中央区に「よの国際交流センター」というNPOを見つけた。活動内容に「難民支援」も入っている。レイラたちの情報を持っているのではないかと、まずは電話で尋ねてみることにした。

予想は的中した。

みゆきがレイラの名を出すと、「見つかったんですか⁉」と飛び付いてきたという。その団体で仮放免中のレイラたち一家のサポートを行っていたらしい。

電話を切ったみゆきが、何森の方を向く。

「伺うので、詳しい話を聞かせてほしいと頼みました。内密でお願いしたいと念を押したので浦和西署に漏れる心配はないと思いますが……」

臼井に報告することはせず、二人で与野へと向かった。

訪ねたＮＰＯの事務所は、駅からほど近い住宅地の中にあった。外国人向けの日本語教室なども併設された建物で、思ったより規模は大きい。

「突然連絡がとれなくなってしまって、こちらでも心配していたんです」

応接スペースで向かい合った担当職員は、下村《しもむら》という四十代ほどの女性だった。

「写真はありましたか」

みゆきは、最初にそれを尋ねた。電話で、レイラの家族、特にアミラという上の娘の写真がないか訊いたところ、「探してみる」という答えだったのだ。

「ああ、アミラちゃんが写ってる写真。ありました。バザーの時のスナップですからあんまり大きくは写ってないですけど」

下村がファイルから数枚の写真を取り出し、見せる。

確かにバザーらしき背景の中、家族と思《おぼ》しき三人の姿があった。真ん中で笑顔を見せているのが佐々木から送ってもらった写真と同じ女性――レイラだ。彼女に右手で抱きかかえられはにかんだ笑みを浮かべているのが、下の娘のコニーか。

そして母親の左隣で、硬い表情でカメラを見つめている少女――。

制服姿ではないので多少印象は異なるが、間違いない、あの少女だった。

そして、彼女が着ているのは――。

「その子が、アミラちゃんです。あの、アミラちゃんが何か……？」

「あ、いえ」

みゆきが曖昧《あいまい》に首を振ると、下村は心配そうに続ける。

「本当に今、どこでどうしているのか。アミラちゃんの学校や、コニーちゃんの病気の件もありますし……」

「病気？」

　みゆきが訝し気に訊き返す。

「ご存じではなかったですか。コニーちゃんは心臓に疾患《しっかん》を抱えているんです。少し前に退院して自宅療養になってはいましたが、定期的に通院しなければならない状況は変わってないはずで……」

「深刻な症状なんですか？」

「そうですね……先天性の心臓弁膜《べんまく》症というもので、本当は手術が必要なんですけど……なにせ保険がありませんから。これまでの入院代や治療費にしても寄付などでまかなっていて、それも実は限界に近づいていて、どうしたらいいか相談していた矢先に失踪してしまって……」

「保険がないんですか」

　みゆきが、驚いた声を出す。

「ええ、仮放免中にはいくつかの義務と制限があって……義務には定期的な出頭や保証金など、制限には就労は認められないことや住居の指定、行動範囲の制限などがあります。健康保険にも加入できません」

「仕事もできず、保険もない……」

「そうなんです」下村が憂い顔で続ける。「子供たちは学校には通えますが、卒業後に就労できないのは大人と同じですから、将来に希望も抱けず……レイラさんたちに限らず、不安定な暮らしを余儀なくされている仮放免中の外国人は多いんです」

「そうなんですか……」

みゆきも沈痛な面持《おもも》ちになった。

「さらに逃亡中となれば学校にも行けず、病院にもかかれなくなってしまいます。本当にレイラさんたち、どこでどうしているのか……」

「どなたかが支援されているということはないんでしょうか」

「そうであればいいんですけど。今のところ私たちのネットワークの中にはそういう情報は入っていなくて……」

「そうですか……」

そう言った切り、みゆきは固く口を結んでしまう。

「レイラさんたちは難民申請をされているんですよね」

黙ってしまったみゆきに代わり、何森が尋ねた。

「ええ、現在も申請中でした」

「そもそも彼女たちは、どういう事情で日本にやって来たんですか。来日は十五年前と聞きましたが」

「――コンゴ民主共和国については、どの程度ご存じですか」

下村に尋ね返される。

「すみません、何も知りません」

「では、少し長くなりますが事情をお話ししますね」

下村は、少し改まった様子になり話し始めた。

「コンゴというのは、中部アフリカの地域のことで、あちらの言葉で『山』を意味します。現在はコンゴ共和国と、以前はザイールと言っていたコンゴ民主共和国、それとアンゴラ領のカビンダに分かれています」

　ザイールという国名は聞いたことがあった。それがコンゴ民主共和国と変わっていたことも何森は知らなかった。

「コンゴ民主共和国は、昔はベルギーの植民地で、一九六〇年に独立しました。ですがその直後に『コンゴ動乱』と呼ばれる内乱が始まって……冷戦時代のアメリカと旧ソ連による代理戦争の様相《ようそう》を呈したこともあって、動乱の規模が拡大し、約十万人が殺害されたと言われています。動乱は五年後に一応の終結を見ましたが、今度はその際に大統領になったモブツによる独裁が始まります。ザイールと国名を変更したのはこの頃です。モブツの独裁は三十年以上続きましたが、九〇年代に入って民主化運動が起こり、ようやくモブツ政権が崩壊して今の国名になりました。しかしそれからも、『第二次コンゴ戦争』と言われる内戦が続きます。八つの周辺諸国と二十以上の武装勢力を巻き込んで『アフリカ史上最悪の戦争』と呼ばれたこの内戦は、二〇〇三年に挙国一致政府の設立が公式合意されて暫定《ざんてい》政府が正式に発足しましたが、反対勢力の抵抗がなくなったわけではなく、今でも政府軍と反政府軍との間では激しい紛争が続いています」

「今でも？」

「はい」

　そんな事実は全く知らなかった。ニュースなどでも見た覚えはない。

「この紛争の影響は一般人にも及んでいて、特に女性への迫害が顕著になっています。一九九八年以降、推定二十万人の女性と少女が性暴力の被害を受けていると言われています」

　語る下村の表情と同じように、聞いているみゆきの顔も歪んだ。

「現在でも政権批判を行う者への弾圧は激しく、反政府運動をしていた者の中には身の危険を感じ国外に逃亡する者も多くいます。日本でも過去に何十人もの難民申請が行われていますが、認められたケースはごく僅かです。英国の難民支援団体によると、コンゴ民主共和国では送還された難民申請者への拘禁、拷問、強制的な身代金の支払い、レイプが断続的に報告されています。送還された人の状況を把握するのは大変困難で、実態が明らかにされているのは一部に過ぎないにもかかわらずです」

しばし、言葉が出なかった。

「……では、レイラさんも」

何森は何とか質問を続けた。

「はい」下村が肯く。「レイラさんはコンゴにいた時、夫のマラバさんとともに政治活動を行っていました。十五年前に、身の危険を感じたため夫婦で来日して難民申請をしましたが、難民とみなす客観的な証拠がないとされ、認められませんでした。かろうじて『在留特別許可』を得て、その更新を繰り返しながら先に来日していた同国の方を頼って与野に来て、ここで仕事を紹介してもらい、二人で働きながらアミラとコニーを産み、育てていたんです。ところが」

下村の表情がさらに暗くなる。

「五年ほど前、三度目の難民申請中だった時にマラバさんが事故で亡くなってしまい、同じころコニーの病気が分かりました。そんな混乱の中でレイラさんが更新手続きに行けず、在留資格を失ってしまったんです。在留資格を失えば難民申請者であっても入管施設に収容されます。アミラとコニーは未成年のため収容を免れましたが、レイラさんは収容されました。私たちが支援に加わったのはその頃からです。各方面からも働きかけてもらって、ようやく仮放免となったのですが――」

　下村はいったん言葉を切り、口惜しそうな表情を浮かべた。

　その途端の逃亡は、彼女たちにとっては予想外――いや、最悪の事態だったのだろう。

「レイラさんたちが逃亡した理由に心当たりは？」

「再び収容されるのを恐れたのだと思います。昨年廃案になった入管法の改正案については、与党が再提出を狙っています。これが通ってしまうと、レイラさんも強制送還されるか、刑事罰を受ける可能性が高くなります。もしそんなことになったらコニーちゃんはどうなってしまうか。私たちも、そのことに不安を覚えていました」

「レイラさんが強制送還された場合、子供たちはどうなるんですか？」

「分かりません」

　下村は、沈痛な面持ちで首を振った。

「法務省のガイドラインでは、在留特別許可が与えられる基準の一つとして『十年以上日本で暮らし、学校に通っている子供の場合』とありますが、これには法的な拘束力がないとされていて、その運用も曖昧です。さらに改正、いや改悪されてしまえば、この先どうなるか分かりません。そもそも難病の子供を看護している場合も在留特別許可が下りるはずなのに、レイラさんは収容されてしまいましたから。子供たちだけが送還を免れたとしても、母子が切り離されてしまうことには変わりありません。迫害が待つ故郷に全員が送還されるか、子供たちだけが残されるか、どちらにしても地獄です。一番いいのは、親子家族が揃って日本で安心して生活できることに決まっているんです」

下村から「参考になれば」と渡された冊子に、帰りの電車の中で何森とみゆきは交互に目を通した。

支援者たちに寄付を募るために作成されたというその冊子には、二〇二一年に名古屋の入管施設で死亡したスリランカ人、ウィシュマ・サンダマリさんの件で白日の下にさらされた入管収容施設での人権侵害の実態から始まり、「収容」「仮放免」「難民申請」の問題点が記されていた。

〈収容の可否判断には司法は関与せず、入管職員の裁量によって決められています。現在の法律では、事実上、無期限の収容が可能となっています。被収容者は、出口の見えないまま、家族や友人との別離による孤独、送還の恐怖、現在と将来に対する不安と絶望を抱えながら過酷な状況で収容され続けています〉

〈国連は、収容の期限を設けていないこと、収容することについて司法の承認を得ていないことなどが国際法に違反していると指摘し、制度の見直しを求めていますが、国はそれを無視し続け、入管法はさらに改悪されそうになっています〉

〈東京オリンピック開催のための治安対策として外国人対策が掲《かか》げられ、二〇一五年に仮放免の運用を厳格化する通達が法務省から全国の入管収容施設に出されました〉

〈仮放免中でも「県外移動」の際には許可が必要で、子供は修学旅行に行くにも一時旅行許可を得なければなりません。日本生まれの第二世代は増えており、在留資格がなく、仮放免の状態にある子供たちは全国におよそ三百人いるといわれていますが、詳しい実情は分かっていません〉

〈我が国は先進国の中でも難民認定数が極めて少ないことで知られており、二〇二一年の難民認定者数は七十四人で、認定率は僅か〇・七パーセントです〉

〈認定率が少ない理由には、認定基準の問題（迫害の基準が高すぎる、立証が難しいなど）や手続きの問題（通訳の不在や入管の知識不足）が挙げられますが、それに加えて、社会全体として難民問題に関心を寄せる人が少ないことがあります〉

何森とみゆきは、再び公園に戻っていた。

せめて陽光でも射してくれれば少しは暖も取れるのだろうが、空は厚い雲で覆われ、少しの間佇《たたず》んでいるだけでも体が芯から冷えていくのを感じた。

「私たちは、何も知らないんですね……」

みゆきの呟きに、何森は無言で肯く。

電車の中で読んだ冊子にあった一節――〈社会全体として難民問題に関心を寄せる人が少ない〉。

自分もまた、その一人なのだ。

「似ていますよね」

みゆきが言った。

「たとえ仮放免になっても就労が認められず、教育や医療も十分に受けられずに不安定な暮らしを余儀なくされているレイラさんたちと――」

最後まで口にせずとも、誰のことを言っているのかは分かった。

石川佐知代。

仕事もなく、生活保護も受けられず、住むところさえ失い、この公園に居場所を求めた女性。

「レイラさんはきっとコニーちゃんの世話にかかりきりで、アミラちゃんは一人ぼっちの時間をここで過ごしていたんですね」

どこからか野良猫がやってきて、ベンチに近づいていく。だが誰も現れないことを悟ると、諦めたようにまたどこかへと去っていった。

かつてはそこで、行き場を失った高齢の女性と褐色の肌を持つ孤独な少女が隣り合わせ、近寄って来る野良猫になけなしの食べ物を分け与えてやったことがあったのかもしれない。

お互いの境遇を知った二つの孤独な魂が結びつき、共鳴した。

頭の中で、その光景がはっきりと像を結ぶ――。

何森とみゆきが再びここに来たのは、防犯カメラの映像をもう一度確認するためだった。

あらかじめ電話を入れておいたため、篠崎はすでにモニターの準備を済ませてくれていた。

ボヤ当夜、午後十一時五十分の映像が映し出される。

画面右からフード付きのコートのようなものを羽織った人物がフレームインしてきたところで画面をフリーズさせる。

フードとマスクで顔のほとんどは覆われているが、僅かに見える肌は、白黒画面の中で暗く沈んでいる。細身で、小柄。

そして、その人物が着ているコート。

何森は、下村から借りてきた写真に写っているアミラの姿を見つめた。

紺色のダッフルコート。

「同じですね」

防犯カメラの映像を見つめながら、みゆきが言った。

特徴のある留め具の形状を見れば、同じタイプのコートであることに間違いはない。

公園で会った時のアミラは、あの寒さの中、コートを着ていなかった。

着ることのできない事情があったのだ。

例えば、火をつけた時に裾などを焦がしてしまった——。

放火したのは、佐知代ではない。

アミラだ。

6

「そういうことなら、ここから先は少年係に引き継がなければなりませんね」

臼井は、苦虫を噛みつぶした顔で言った。

放火の被疑者として、アミラ・バンザというコンゴ民主共和国国籍の中学二年生の少女が浮かんできた。それを、みゆきが報告したところだった。

仮に放火がアミラの仕業《しわざ》だったとすれば、少年法が適用される。十四歳未満であれば触法少年として扱われるが、アミラはすでに十四歳になっており、刑事罰の対象になる。いずれにしても生活安全課少年係の担当になってしまうのだ。

「彼女を見つけ出すまでは、私たちに担当させてもらえませんか」

みゆきが食い下がっていた。

「もちろんこちらも協力しなければならないでしょう。担当の振り分けを課長に相談してみます」

臼井は苦々しい表情のまま応えた。

「とにかく今後は勝手な行動は慎《つつし》んでください。浦和西署に断りもなく与野まで行って向こうの

ＮＰＯから情報を得たなんて、それだけでも課長にどう報告すればいいか……」

「その件は申し訳ありません。ただ、学校関係はともかく、レイラさんの以前の勤め先や支援者など、少年係では調べきれないところもあるはずです。その辺りは私たちに」

「分かりましたから。後の指示を待ってください」

最後には追い払われるようにして係長の席から離れることになった。

「ご苦労さん」

素っ気なく迎えた何森を、みゆきは「冷たいんですね」と睨んだ。

「何森さんだって、自分の手で彼女を見つけ出したいんじゃないんですか」

「もちろん、そうする」

「え？」

「今も言っていたが、アミラが通っていた学校やレイラの以前の勤め先、コニーがかかっていた病院——そんなものは国捜がすでに当たってる。俺にまで連絡してきたのはそれでも見つけ出せないでいるからだ。同じことをしてアミラにたどりつけるわけがない」

「じゃあ、どうすれば」

「とりあえず『二つの手』の武田には話をしておいた。レイラたちがここら辺りに潜伏しているとしたら、与野のＮＰＯよりも情報が入りやすいはずだ」

「そうですね。あとは佐知代さんとの繋がり……」

「公園の防犯カメラの残りの映像でも観るか」

「残りって——どこまでですか」

みゆきが少し慌てた顔になる。

「全部だ。アミラがいつ頃から公園に現れるようになったのか。佐知代と一緒に映っているものはないか。二人の繋がりが少しは分かるかもしれない」

「……大仕事ですね」

ため息まじりにみゆきが呟く。

みゆきが何としても自分の手でアミラたちを見つけ出したいと思っているのは分かっていた。逃亡したままではアミラは学校に行かれず、コニーは医者にもかかることができない。彼女たちを一刻も早く見つけ、保護したい。心からそう思っているのだろう。

だが。

何森は、アミラが発した問いへの答えを見つけられないでいた。

――警察は、その女の人を助けてあげられるんですか。

――捕まえて、収容するだけじゃないんですか。

本当に自分たちは、彼女たちを助けられるのか？

見つけ出せば、アミラやコニーはともかく、レイラが入管に再収容されるのは間違いない。自分たちがしようとしているのは、母子を引き離し、迫害が待つ国へ送り返す手助けにすぎないのではないのか？

ＮＰＯの下村が言った言葉が蘇る。

――どちらにしても地獄です。

だが、と何森は自分に言い聞かせる。忘れてはならない。自分は刑事なのだ。

レイラやアミラがしていることは、間違いなく不法行為なのだ。

そして、それにフオンが関与しているとしたら――。

「何森さん」

みゆきの声で我に返った。

「行きますよ」

「行く？　どこへ？」

「公園ですよ。何森さんが言ったんじゃないですか」

みゆきが呆れた声を出す。

「篠崎さんに電話を入れておきました。残っている記録は三か月分あるそうです。一日仕事になりますよ」

まさか、本当にやる気か。

自分で言い出したことではあったが、三か月分と聞くとさすがにげんなりする。

だが、やるしかないのだ。

自分がやるべきことを。そこから先は、今は考えないことだ――。


「じゃあ、後はお任せしていいですよね。終わったら言ってください」

防犯カメラの再生方法だけ教えると、篠崎はそう言って立ち上がった。

「私の勤務時間中に終えてもらえるといいんですが……」

篠崎が残した言葉を受け、不安そうな顔をみゆきが向けてきた。

最新の機器には人感センサーなどと連動して人の出入りがあった時だけ確認できるものもあるが、旧式のこのカメラにはもちろんそんな機能はない。トイレに出入りする女性に限ってとはいえ、ひたすら早送りで見ていくしかなかった。

「始めるか」

何森とみゆきは交替しながら記録を見始めた。

それらしき姿があれば止めて確認することを繰り返したが、中々アミラの姿は見つけられなかった。だがひんぱんに公園に来ていれば、トイレを一度も利用していないということはないはずだ。さらに、もし放火の犯人だとしたら、必ず一度は下見をしているはずだった。

「何森さん」

一時間ほど経った頃、みゆきが声を上げた。

「これ、そうですよね」

みゆきの言葉に、モニターを凝視した。

半月ほど前の映像だ。

フリーズした画面に、ダッフルコートを着た小柄な女性が映っていた。今回はフードをかぶっていないため顔がはっきりと見える。

アミラに間違いない。そして同じ画角で見れば、ボヤ直前に映っていた映像と同一人物であることも断言できた。

放火がアミラの犯行であることは、これで決定的になった――。

何森とみゆきは、映像をさかのぼる作業をその後も続けた。アミラが最初に防犯カメラに捉えられたのは、三か月ほど前の十月下旬。佐知代が公園に姿を現わすようになったのもその頃のはずだ。

何森たちは、アミラとともに、佐知代らしき女性の姿も探した。

六十代、細身、という条件に当てはまる女性の中に、キャスター付きの大きなバッグを引いている女性がいた。十月頃から頻繁《ひんぱん》にその姿が映っており、途中からマスクはしていなかった。

篠崎に確認してもらうと、

「ああ、この人ですね」

その女性が「公園で寝泊まりしていた年配の女性」であると認めた。

初めて見る石川佐知代の姿――。髪を無造作に後ろで縛り、いつも同じ薄手のコートを身に着けている。ほとんど横顔しか分からないとはいえ、その顔には表情と言えるものがなかった。

さらに探していき、アミラと佐知代が二人で映っている映像を見つけた。

十一月下旬頃のものだった。互いに「一人」の映像ばかり探していて見逃していたのだ。

肩を並べ、歩きながら画面を横切る。二人とも横顔だが、何か話しているように見えた。画面から消える瞬間、何森は小さく叫んだ。

「巻き戻してくれ!」

「はい」

みゆきが操作し、巻き戻して再生する。

二人が動き出す。何か話しながら歩いていた佐知代がアミラの方を向いて――、

「止めてくれ」

何森が言う前に、みゆきは画面をフリーズさせていた。

画面の中――佐知代が笑っていた。

アミラとどんな話をしているかは分からない。それまで全く表情というものを見せなかった佐知代の顔に、屈託のない笑みが浮かんでいる。

横顔でよくは見えないが、アミラの顔にも同じ表情が浮かんでいるように見えた。

過酷な生活の中、心を通じ合える相手を見つけた二人が、ほんの束の間、笑みを交わし合っている――。

みゆきが、「もう一度再生していいですか」と訊いた。

何森が肯くと、画面を巻き戻し、二人が現れたところでスロー再生にする。

みゆきは、何かを探し出そうとするように、食い入るように二人のことを見つめていた。

「どうかしたか」

「いえ――二人がどんな会話を交わしているのか、口の動きで多少分かるのではと思ったんですが……」

「分からないか」

「ええ……もしかしたら、日本語の会話じゃないのかもしれません」

「日本語じゃない？」

「確かとは言えませんが……フランス語で話しているのかも」

「アミラはともかく、佐知代がフランス語を？」

「可能性はあります。以前は海外旅行が趣味だったと田代さんも言ってました。フランス語を解することで、アミラちゃんとの結びつきがより深くなったのかもしれません。もしかしたら、あの言葉も」

ソーヴ・キ・プ。全力で生き延びよ――。

「佐知代さんが、アミラちゃんに教えた言葉なのかもしれません」

何森は、再び画面に視線を戻した。

そこに映る女性の姿を目に焼き付ける。

昨年十一月からの官報をすべて確認したが、石川佐知代らしき身元不明の遺体はなかった。

生きていてほしい。

何森は、そう祈った。


「飯能市内の病院には全部当たったそうですが、それらしき患者の情報は入っていないようです」

少年係を交えた報告会議から刑事部屋に戻って来たみゆきが、伝えた。

あれから飯能署の生活安全課主導で、浦和西署の協力も得ながらレイラ一家の関係先を当たったようだが、彼らの行き先は全く摑めていなかった。

「医者にはかかっていないということでしょうか……」

みゆきが不安な顔で言う。

「いや、それはないはずだ」

「でも、偽造の在留カードを使っているにしても、病名と外国籍の十歳の少女という特徴さえあれば、少年係はともかく国捜であれば見つけ出せるはずですよね……」

それでも、見つけ出せないでいる。

つまり、「患者の情報の秘匿《ひとく》を徹底した上で協力している医療機関」があるのだ。

「クー・バン」が支援しているのに間違いない。何森は、改めてそう確信した。

こんなことをしていてもらちが明かない。クー・バンに――フオンに接触する方法はないか。

正面切って当たるのが無理であるならば、何か他の方法は……。

「コーヒーでも飲みながら考えましょうか」

みゆきが、雰囲気を変えるように言った。

「近くに美味《おい》しいコーヒーを出すお店ができたそうです。何森さん、コーヒーお好きですよね」

「ああ。だが今はそういう気分じゃ――」

ふと、何かが引っかかった。

最近、誰かから同じようなことを言われたことがなかったか。

――コーヒーがお好きなんですよね。

フオンだ。以前に、彼女からそう訊かれたことがあったのだ。

いや、それだけじゃない。別の誰かからもコーヒーのことを――、

――ベトナムのコーヒーは試してくれましたか、と。

弁護士だ。戸塚と言ったか。フオンの勤務先である「カリオン」の顧問弁護士。あの男が、フオンからの伝言としてそう告げたのだ。

思い出した。フオンとの会話には確か続きがあった。

――ベトナムのコーヒーを飲んだことはありますか？

――美味しいので、是非試してみてください。市内にもベトナムコーヒーを出す店がありますので。

何森は、みゆきの方に向き直った。

「市内にベトナムコーヒーを出す店があるか探せるか」

「ベトナムのコーヒー、ですか？」

みゆきがキョトンとする。

「ネットで検索すれば出てくるかもしれませんが……なぜです？」

「なぜでもだ。分かったら、教えてくれ」

不思議な顔をしていたみゆきの表情が、ふいに変わった。

「――フオンさん、ですか」

何森が答えずにいると、「探すのは構いませんが」とどこか強張った声で言った。

「見つけたら、私も同行させていただきます」

「構わん。とりあえず調べてくれ」

「分かりました」

硬い表情のままみゆきは肯いた。


飯能市内にベトナムコーヒーを出す店は、一軒だけあった。

「カフェ　シンチャオ」という名のその店は、元々は倉庫だったところをリノベーションしたらしく、店内には鉄骨や配管などがむきだしのまま残っていた。照明も薄暗く、壁にはベトナム語と日本語が並んで記されたメニューが貼ってある。

そういったつくりが洒落ているとされるのか、客はほとんどが若いカップルだった。何森とみゆきの二人は明らかに場違いだったが、構わず空《あ》いていた奥の席へ腰を下ろした。

「イラッシャイマセ」

注文をとりにきた女性店員も東南アジア系の風貌をしており、日本語はカタコトだった。

「ベトナムコーヒーを二つ」

みゆきが注文をする。

しばらくして運ばれてきたコーヒーは、グラスの上にアルミ製の容器が載ったものだった。グラスの下部分には乳白色の液体が沈殿《ちんでん》している。

「ああ、こうやって出てくるんですね」

みゆきが、得心がいったように呟いた。

「ベトナムコーヒーは独特なフィルターで抽出するそうですが、上に載っているのがそのフィルターですね。下に溜まったコンデンスミルクを混ぜてから飲むそうです」

調べてきた情報を開陳し、スプーンを手に取った。

沈殿していたミルクを全体に行き渡るようスプーンでかき混ぜてから、口に運ぶ。

「うん、甘くて美味しいです！」

何森は、まずは上澄みの部分をすすってみた。

かなり苦い。続いて、みゆきがしたようにスプーンでグラス全体をかき混ぜる。コンデンスミルクが広がったところで、再び口に運んだ。

なるほど、苦みが中和され、まろやかな甘みが舌に伝わってくる。

「オイシイデスカ」

通りかかった先ほどの店員が訊いてきた。

「ああ、美味《うま》い」

何森が言うと、店員は嬉しそうに目を細める。

「フオンさんはよく来るのか」

ふいの質問に、店員の表情が変わった。

「フオンサン、ダレ」

「知らないか……だったらいい」

店員が何森のことを見つめた。そして、ベトナム語らしき言葉を口にする。

意味は分からないが、以前に何度も聞いた「トイ　コン　ビェッ（知らない）」ではないことは確かだった。

「すまん、ベトナム語は分からない」

店員は無言で踵《きびす》を返した。

「——無駄足だったか」

「そのようですね……飲んだら帰りましょう」

そう言って、みゆきがコーヒーを飲み干す。何森もそれに倣《なら》った。

グラスを置き、立ち上がったところに先ほどの店員がベトナムコーヒーのお代わりを運んできて、テーブルに置こうとする。

「頼んでないが」

「サービスデス」

そう言ってコーヒーを何森の前に置いた。

「一つだけ？」

みゆきが訝し気に言ったが、店員は無言で去っていく。

どういうことかよく分からないが、せっかくの厚意を無にするわけにもいかない。

何森は再び腰を下ろした。みゆきは立ったままだ。

「残してきた仕事があるので、私は先に失礼します」

「ああ……そうか」

「ここはご馳走になっていいですか」

「ああ、もちろん」

「ご馳走様でした。ではまた明日、署で」

「後で連絡する。どこかで落ち合おう」

それには答えず、みゆきはそのまま店を出て行った。

仕方なく、二杯目のコーヒーを口に運んだ。

店内は妙に静かだった。気づけば、若いカップルの客の姿ももうない。

考えをまとめるにはいい環境だった。

コーヒーを飲みながら、考える。

アミラは、なぜ放火などしたのか。

ただ燃える火を見たいとか、騒ぎになるのを楽しむとか、そんな理由であるはずがない。

いやむしろ、騒ぎになったら困るはずだ。

警察などが出入りすれば、公園で寝泊まりしていた佐知代の存在が明らかになってしまう。行政から排除されるかもしれない。実際、放火によって自分たちは佐知代の存在を知ったのだ。

ソーヴ・キ・プ。全力で生き延びよ。

それがもし、佐知代に向けられたものならば、放火という行為はその言葉と矛盾してしまう。

――いや、と思い直す。

むしろ、それが狙いだったとしたら？

見つかって――見つけてほしかった。

石川佐知代のことを。

警察に、じゃない。

世間に――社会に知ってほしかった。

佐知代だけでなく。

自分たちが、ここにいることを――。

人の気配に、顔を上げた。

店員かと思ったが、違った。

フオンが、そこに立っていた。

「お久しぶりです」

目を細めて、言う。出会った時と同じ、マスク越しにも分かる柔らかな笑み。

気づけば、店の中には誰もいなかった。店員さえも。

フオンが目の前に座り、小さく一礼する。

「連絡をいただいていたのに、すみませんでした」

「――いや」

何森は小さく首を振った。

どこから、何から、話していいか分からなかった。

ホアやリエンのことから切り出すべきなのか、レイラやアミラのことを尋ねるのが先か。

いやそれより前に、目の前にいるこの女性が、本当に「クー・バン」などという組織のトップなのか。

フオンが、マスクをはずした。その穏やかな表情を見ていると、すべては自分の妄想なのかもしれないと思えてくる。

フオンが、低い声を出した。

「質問は、一つだけ」

そして、続ける。

「一番訊きたいことを、一つだけお尋ねください。正直にお答えします」

何森は、一瞬頭の中が真っ白になった。

今まで、どれほど危険な目に遭ってもどんな悪党を前にしたとしても、冷静さを失わない自信があった。

だが今の何森は、完全に混乱していた。

一つだけ？　何を訊けばいい。ホアの居場所か、レイラやアミラがどうしているかか。コニーは医者にかかれているのか。

狼狽《ろうばい》したまま何森の口から出たのは、自分でも思ってもいない言葉だった。

「石川佐知代は、生きているのか」

フオンが、虚を衝かれた表情になった。

彼女にとっても、予想外の問いだったのだろう。

答えられるわけもない。フオンが助け、匿《かくま》うのは、罪を犯した外国人女性に限るのだ。石川佐知代のことなど知る由もない。貴重な機会を無駄にしてしまった――。

しかし、フオンの口から出たのはさらに思いがけない言葉だった。

「生きています」

驚いてフオンのことを見返した。

「安心してください、お元気です」

まさか、本当に――？

「石川佐知代も、君たちが……？」

「質問は一つのはずでしたが」

フオンは小さく笑みを浮かべてから、答えた。

「私たちは国籍で選別はしません。私たちが力を貸す相手の条件は二つだけです」

何森を見つめながら、続ける。

「真に困窮している女性であること。そして罪を――あなたたちが『罪』としている行為をなし、追われていること」

困窮し、罪を犯し、追われている女性――。

では、石川佐知代も何かの罪を？

やはり放火は佐知代がしたことなのか？

「お会いできて、嬉しかったです」

フオンが立ち上がった。

一礼して、背中を向ける。

去っていく彼女を、なすすべもなく見送るしかなかった。

7

建付けの悪い引き戸を開けると、店のオヤジが「らっしゃい」といつもの不愛想な声で迎えた。

オヤジに軽く手を挙げてから、定時ですんなり上がれたらしく、すでにカウンターに座っているみゆきに、「遅くなった」と声を掛けた。

「――お疲れさまです。先にいただいてます」

みゆきが目の前のビールグラスを掲げて見せる。

「酒を。燗で」

オヤジに向かって注文してから、みゆきの隣に腰を下ろす。

今年に入って飲食店についてはまた営業時間短縮等の要請がされており、この店も二十一時までの営業のようだ。

彼女には、電話でフオンと会ったことを伝えてあった。その内容も。

「で？」

とみゆきが言った。

「で、とは？」

みゆきがこちらを見る。どことなく目が据わっていた。

「何森さんは、彼女の言ったことを真《ま》に受けてるんですか」

「石川佐知代のことか」

みゆきが無言で肯く。

「嘘を言う理由はない」

「何言ってるんですか」呆れた顔を向けてくる。「知り合って以来、彼女が話したこと全部が嘘だったんでしょう？　アルバイトの店員なんかじゃなくて本社の幹部社員で、ベトナムから来日したわけじゃなくて日本生まれで」

「いや――」

自分が彼女のことを単なるアルバイトの店員だと思い込み、名札からベトナム人だと決めつけただけだ。フオンの言葉に偽りがあったとしたら「最初は留学で今は特定活動の資格で働いている」と言ったことだけだ。

何森がそう告げる間もなくみゆきが捲《まく》し立てる。

「何で彼女が佐知代さんのことまで知ってると思うんです。大体、彼女がその『クー・バン』という組織のトップだというのも、何森さんの思い込みなんじゃないですか。係長じゃないですけど、何森さん、どうも妄想癖が」

「え」

「何本目だ」

「ビール」

みゆきの前に置かれた、ほぼ空《から》になった瓶を顎で示す。

「……一本目です」

「じゃあまだ酔うには早いな。考えを整理したい、協力してくれ」

「……はい」

みゆきが神妙な面持ちになったのを見て、アミラが放火した動機——佐知代の存在を世間に知らしめるためだったのではないか、という自分の推測を話した。

「……佐知代さんに関係がある、というのは同意なんですけど」

みゆきは首を傾げ、言った。

「どうもしっくりきません。それより気になるのは、やはり『キッチンセボン』のことなんです」

そう言われて、しばらくあの店のことが頭から離れていたことに気づいた。

「ボヤが起きた直後の時間帯に、あの店から誤通報があったというのがどうしても偶然とは思えません」

確かにそうだ。もしその二つが、偶然ではないとしたら――。

「佐知代さんの解雇について嘘を言っていたあの店長には、他にも隠し事がある気がするんです……」

みゆきが下を向く。

「アミラ、あるいはレイラさんとあの店が何か関わりがあるとしたら……」

考え込んでいた彼女が、ハッと顔を上げた。

「レイラさんが、あの店で働いていたということはないですか」

レイラが？

「不法滞在と知って雇用していたとしたら、警察からの追及は避けたいはずです。あんな態度をとったことも肯けます」

可能性はある。住居の確保や偽造ＩＤの作成にはクー・バンの支援があったにせよ、コニーの治療費で多額の金を必要としているはずだ。どこかで不法に就労していても不思議はない。

みゆきが席を立った。

「田代さんに訊いてみます。偽名を使っていたとしても分かると思います」

携帯電話を手にし、外に出ていく。

もしレイラがキッチンセボンで働いていた場合でも、逃亡後の十月以降になる。その前に解雇されている佐知代とはすれ違いだ。アミラと佐知代の出会いは公園であったとしても、母親と同じ店で働いていたという共通項が放火の動機と何か繋がっているのかもしれない。

みゆきはすぐに戻ってきた。しかし顔には落胆が浮かんでいる。

「そういう女性は、以前も今もいないそうです」

力なく、首を振った。

「外国人のパートを雇っていたことはあったそうですが、ほとんどが中国の人だったそうです。田代さんの知る限り、アフリカ系の人が働いていたことはなかったと」

「そうか……」

だが田代が知らないだけで、レイラやアミラが「キッチンセボン」とどこかで繋がっている可能性はまだ残っている。

今度は何森が携帯電話を取り出した。

「佐々木に頼んでみる」

「え、でも」

少年係や国捜に見つかる前に自分たちの手でアミラを見つけ出したい、それがみゆきの思いであることは承知だ。だが、この件に関してはやむを得なかった。

佐々木はすぐに電話に出た。

「この前頼まれた件で、一つ調べてもらいたいことがある」

「何か分かったんですか」

佐々木は、期待に満ちた声で応じた。

「うちで扱っている放火《アカウマ》の件で、被疑者《マルヒ》としてレイラの上の娘・アミラらしき少女が浮かんだ」

佐々木が絶句した。さすがに予想外だったのだろう。

「それで――」

「アミラの所在は、うちの少年係が追っている。浦和西署や公安の外事課の協力も仰ぐことになるだろう」

佐々木が舌打ちしたのが分かった。手柄を横取りされたくないに違いない。

「奴らの知らない情報《ネタ》がある」

そう告げると、再び佐々木の声に期待が宿った。

「何です」

「アミラと唯一、繋がりのある女性がいる。名前は石川佐知代、六十五歳。所在は不明だが、その女性が勤務していた事業所は判明している。表には出ていないが、レイラを不法就労させていた疑いもある」

「何という事業所です」

「飯能市東町のキッチンセボンという店だ」

「すぐに調べます。情報、感謝します」

「分かったことは俺にも教えてくれ」

「承知しました」

浦野が何を隠しているのか、これで明らかになるはずだった。


佐々木からの報告があがってくるまで、できることはあまりなかった。コニーが受診しそうな心臓外科を持つ病院を片っ端から当たるぐらいだ。少年係からアミラ発見の報が入ってこないことを祈りながら、じりじりする時間を過ごした。

その日も成果がなかった病院からの帰り道、待っていた佐々木からの連絡がきた。

「何か分かったか」

今度は何森の方が期待を込めて訊いたが、電話の向こうから返ってきたのは、

「調べましたが、何も出てきませんでしたよ」

という不機嫌な声だった。

不法就労助長の疑いで令状をとり「キッチンセボン」を捜索したという。だが、以前に中国人の留学生を何人か雇用していたもののいずれも適法だった。従業員だけでなく出入り業者についても調べたが、この数か月以内、レイラらしき女性が店に出入りしていた事実はなかった、と――。

「そうか……無駄足を踏ませて悪かったな」

「まあしょうがないですけど」

そう言いながらも、明らかに失望した口調だった。

「しかしその店には何かあるはずなんだが……」ついでに尋ねた。「ところで、『クー・バン』は金銭的な援助もするのか?」

「その辺りは不明です。住居の提供と身分証の偽造は確実ですが、生活費については『働けるものは自分で働いて稼ぐ』というのが原則のようで……ただレイラの場合は、コニーの世話がありますから就労は厳しいかもしれません」

だとすれば端からお門違いの頼みだったか。

「石川佐知代という女性とアミラとはどういう繋がりなんですか?」佐々木が疑わし気に訊いてくる。「確かにその名前の女性はこの間まで店に勤務していたようですが」

「この間までと言っても、佐知代が辞めたのは昨年の四月のことだ。アミラと出会ったのは店を辞めてからのことだろうが……」

「四月？」佐々木が怪訝な声を出す。「いや、石川佐知代の雇用契約終了はもっと最近ですよ。確か昨年の十二月……」

「いやそんなはずはない。四月中か、遅くとも五月には辞めているはずだ」

「ちょっと待ってください、確認します」

いったん電話口から離れた佐々木だったが、すぐに戻って来た。

「やっぱり間違いありません。昨年の十二月に契約を終了しています」

「十二月？」

今度は何森の方が問い返すことになった。

「はい」

「間違いないのか」

「昨年の五月から休業扱いにはなってますが、休業手当を支払った上で雇用は十二月まで継続されています」

休業手当？　どういうことだ。

「また何か分かりましたら教えてください。今度は確かな情報を頼みますよ」

嫌味な言葉を残し、佐々木は電話を切った。

「どうしたんですか？」

何森の態度に不審を感じたのか、みゆきが尋ねてくる。

「佐々木から妙なことを聞いた」

今伝えられたことを話した。

「昨年の十二月？」

みゆきも驚いた声を出した。

「書類上では、だ。もっと前に辞めさせているのは間違いない。休業手当など支払っているわけもない」

田代やアパートの大家の証言からも明らかだった。何より、十月頃から公園で寝泊まりする姿を目撃されているのだ。

「雇用していないのに雇用しているとか、払ってもいない休業手当を払っていると偽るメリットはなんだ？」

何森の質問に、みゆきが考え込む。

「その分を経費として虚偽申告しているとか……他には……」

ハッと顔を上げた。

「助成金の不正受給――」

「助成金？」

「もしかしたらですが……最近、そんなニュースをいくつか見たんです」

スマホを操作し、出てきた画面をこちらに見せた。

ネットニュースの見出しがいくつも目に入る。

〈新型コロナで影響を受けた事業者を支援する国の助成金を不正に受給していたとして……〉

〈従業員に休業手当を支払ったとするウソの申請をし、雇用調整助成金などあわせて1500万円余りを不正に受給したと……〉

〈40代の女性は、正社員として勤めていた会社の社長から、新型コロナウイルスの影響を偽装して「雇用調整助成金（雇調金）」を不正受給する申請手続きを強要され……〉

何森は、スマホからみゆきに視線を戻した。

「コロナの助成金か」

「そうです。一番多いパターンは、従業員を休ませ、その間に休業手当を支払ったとして『雇用調整助成金』を申請・受給するというやり方のようです。中には雇ってもいない従業員を書類上でっち上げて申請していたという悪どい業者もあるようで。悪質なケースでは詐欺罪も適用されています」

「雇ってもいない従業員を……」

「はい。佐知代さんだけでなく解雇したパートさんたちをそのまま雇用継続しているように書類上では偽っていたのかも。複数名、半年分の休業手当となればかなりの額になります。何らかの理由をつけて多額の給与を支払っていたということにすれば、さらに」

「奴が隠したかったのはこの件か……」

ようやく、浦野の不審な態度の理由が分かった。

助成金の不正受給が発覚すれば、受け取った助成金の返還はもちろん、事業者名を公表され、場合によっては詐欺罪にも問われる。店の経営どころではない。

「知能犯係に伝えましょう。『キッチンセボン』に内偵に入ってくれるかもしれません」

「助成金の不正受給ですか。確かに今、多いんですけどね……」

同じ刑事課でも贈収賄《ぞうしゅうわい》や選挙違反、詐欺、横領《おうりょう》などを担当する知能犯係に知り合いは少なかった。唯一、みゆきの警察学校時代の同期が知能犯係で主任になっていたのでその男に尋ねたのだった。

「雇調金については支給の迅速が言われていて、手続きがかなり簡素化されたんですよ。今は出勤簿や給与台帳でなくても、手書きのシフト表や給与明細でも受給申請はできるようになりましてね。不正の温床ですわ」

知能犯係の捜査員はそう言って笑ってから、何森たちの顔を見て「いや、笑いごとじゃないんですけどね」と顔を引き締めた。

「不正の事実を摑むには、休業していた側が手当を受け取っていなかったことを証明しなければなりません。振込の履歴が残っていなくても、手渡しだったなどと言い逃れされてしまうケースが多くて。内部告発でもないと中々立件ができないんです」

まずは対象となる従業員から「休業手当を受け取っていなかった」という証言を得てくれ、と言われ、内偵の確約をとることはできなかった。

「その従業員自体の所在が分からないからっていう話なのに……」

知能犯係のシマから離れながら、みゆきがブツブツ言う。

「他に解雇された従業員で書類を操作されている人がいないか、もう一度佐々木さんに探ってもらいますか？」

「さすがにそこまでは頼めない」

「そうですよね……佐知代さんを探し出すことができれば、証言もしてもらえるでしょうけど……」

佐知代を探し出すことができれば――みゆきの言葉が、頭の中で反転する。

佐知代がすでに、浦野の助成金申請のことを知っていたとしたら？

自分が受け取るはずの金を、浦野が不正に手にしていると気づいたとしたら？

――そうか。

ようやく、思い当たった。

「浦野が被害届を出さなかった理由は、それだ」

「え？」

「こっちへ」

何森は、みゆきを廊下に連れ出した。周囲に誰もいないのを確認して、続ける。

「あの誤通報――あれは、『妻の勘違い』なんかじゃない」

「ということは、本当に強盗が？」

「そうだ。だがそれを警察に知られてしまうと、助成金詐欺の件が露呈《ろてい》してしまう。詐欺罪で逮捕されてしまえば店も終わりだ。被害額と天秤にかけて、黙っていることを選んだのだろう」

「分かりません」みゆきは首を振った。「なぜ強盗に入られたことが知られると詐欺が発覚することになるんです？　その時盗られたお金が詐欺で得たものだなんて分かるはずもないのに」

「分かるんだ」

「なぜです」

「強盗に入ったのが、本来はそれを受け取るはずの人間だったからだ」

みゆきがハッと息をのんだ。

「――佐知代さんが？」

「そうだ。佐知代であれば、内部の事情に詳しい。その日に事務所に多額の現金があったこと。もしかしたら事務所の鍵や金庫のロックの解除の仕方も知っていたのかもしれん。いずれにしても、あの夜本当に強盗が入っていたのだとしたら、犯人は佐知代しかいない」

「なぜそんなことが言えるんです。他にも解雇された従業員はいるかもしれないのに」

「それでも佐知代しかいない」

「だからなぜなんです！」

「直前に、小火《ボヤ》が起きているからだ」

みゆきが、虚を衝かれた顔になった。

「放火をした犯人は、同時刻に強盗事件が起こると知ってたんだ」

まだ分からない、という顔のみゆきに、何森は続ける。

「火事が起きれば、騒ぎになる。その後強盗事件が起きたとしても、警察の捜査が少しは分散すると放火犯は考えた。その間に強盗の犯人が逃走できるようにと。ボヤは、強盗の目くらましだったんだ」

「そんな子供だまし――ボヤが起きたぐらいで、強盗の捜査に影響は出ませんよ」

「その通り、子供だましだ。放火の犯人は誰だと？」

みゆきが、愕然《がくぜん》とした顔になった。

「アミラは、佐知代さんを助けるために……？」

「そうだ。子供の浅知恵には違いない。それでもアミラなりに何かできることはないかと懸命に知恵を絞ったのだろう」

「自分が罪を犯してまで……でも」

みゆきはまだ半信半疑のようだった。

「佐知代さんが本当にそんなことをするでしょうか。会ったこともないのに変かもしれませんが、とても強盗を働くような人には」

「自分のためじゃない」

何森は言った。

「では誰の……」

そう口にしたところで、みゆきも気づいた。

「コニーちゃんの治療費……」

そう、佐知代は、コニーやレイラ、アミラの家族を救うために罪を犯したのだ――。


田代とは、彼女の仕事が終わる時間に合わせ、店から離れた喫茶店で待ち合わせた。

「刑事さんたちに会ってること、社長にバレるとまずいんですけどね」

現れた田代は、さすがに迷惑そうだった。

「すみません、ご迷惑はおかけしませんので」

そう頭を下げてから、みゆきは用意していた質問をした。

「電話でも少しお訊きしましたが、お店の売り上げの管理は社長さんがされていたんですよね？」

「ええ、そうです」

「その日の売り上げはどこに保管を？」

「閉店後に社長が計算して金庫に保管しているはずです。二週間に一度、銀行の警備員が回収しにくるんです」

回収は毎月第一・第三水曜日と決まっているという。しかし一月の第一水曜はまだ店が正月休みだった。つまり一月の第三火曜の夜には、年末のかき入れ時を含むひと月分の売り上げが金庫に保管されていたことになる。

事件があったのは、その夜だった。

「それは、従業員はみな知ってることですか」

「まあそうですね」

すでに辞めていたとしても、佐知代も知っていたのだ。その夜、金庫に大金が保管されていることを。

だがあの夜、通報で臨場した捜査員は、ガラスが割られていたり錠が壊されていたりなどの異状はなかったことを確認している。

犯人はどうやって中に入ったか。そして金庫の鍵をどうやって開けたのか――。

「従業員の皆さんは、店の合鍵などはお持ちなんでしょうか」

「まさか。店を開けるのも閉めるのも社長ですから」

では、店のドアを開け、犯人を中に入れたのは浦野しかいない。

浦野の妻は、「夫が店に忘れ物を取りに行くと出て行ったきり戻ってこないので心配して見に行った」と証言している。

違う。「忘れ物を取りに行った」のではなく、浦野は、店で誰かと待ち合わせをしていたのだ。

誰と？　何のために？

「社長さんが、助成金の申請をしていたのはご存じですか？」

みゆきが訊くと、田代は「助成金？」と首を傾げた。

「さあ、知りません」

これは本当だろう。いち従業員がそんなことを知らされるわけもない。

だが、「休業手当を受け取ったことにされている」従業員はどうなのか。申請のための書類を提出したりする必要があるのではないか。もちろん実際には辞めているのだから本人に書かせるわけにはいかない。書類自体は浦野が作成するとしても、何かの確認のために連絡をとる必要があったのかもしれない。

──じゃあ教えますけど、今はもう使ってないと思いますよ。

佐知代の携帯番号を教えてくれるよう頼んだ時、浦野はそう言っていた。何森が「辞めてからも連絡をとっていたんですか」と尋ねると、曖昧に言葉を濁した。

浦野は、辞めさせた後も佐知代と連絡をとっていたのだ。

奴が自ら口にするわけもないが、佐知代は、会話の内容から助成金申請のことを悟ったに違いない。

そして、それを浦野に告げた。二人はあの夜、金の支払いを巡って話し合うために店で会っていたのだ。

だが話し合いは決裂し、言い合いから揉み合いに発展、佐知代が浦野を突き飛ばし──、しっくりこなかった。

細身の女性の身で佐知代が浦野を気絶するほどの力で押し倒せたとは思えない。

さらに、どうやって金庫を開錠できたのかという疑問がまだ残っている。

「金庫の暗証番号などは、浦野さんしか知らないわけですよね」

みゆきの問いに、田代は「もちろんそうです」と当たり前の顔で答える。

浦野の生年月日や電話番号などを試してみたら開いた、ということか？　それもあり得ない。これまで知った限り、浦野はかなり用心深いはずだ。すぐに分かってしまう数字を暗証番号にするはずはない。

「暗証番号って、忘れると大変じゃないですか」みゆきがしつこく尋ねる。「浦野さんはどこかにメモとかしていたはずですよね。それを、従業員の目につくところに置いていたとかはないですか」

「刑事さん、これ、何の捜査なんですか？」

さすがに田代も、不審な表情になった。

「従業員の誰かが、金庫を開けてお金を盗ったと？」

「いえ、そういうわけじゃありません」

「ほんとですか？」

「ちょっと気になることがあって、念のためにお尋ねしているだけです。そうですか、やはり、誰も金庫の暗証番号なんか知りませんよね。どこかにメモしてあるのを見たとか、ないですよね……」

「社長は用心深いですからね……ああそうだ、以前に佐知代さんがね」

「え？」

いきなり佐知代の名が出てきて、みゆきだけでなく、何森も身を乗り出した。

「いや、暗証番号を知ってたってことじゃないですよ。社長らしいわね、って笑い話なんですけど」

「ええ、何でも構いません。佐知代さんが何か？」

「社長の用心深いのには笑っちゃうって話でね。いつも大事なことを書きつけてる手帖があるんですよ。普段はコックコートのポケットに入れてるんですけど、ある時、それが落ちてるのを私が見つけちゃって。見ちゃいけないのは分かってるんですけど、まあ見たいじゃないですか」

田代がいたずらっぽい笑みを浮かべる。

「ええ」

「そもそも汚い字で誰も読めないようなメモがいろいろ書かれてあったんですけど、その中に、なんか横文字で書いてある箇所があったんですよ。どうも英語じゃないみたいで、佐知代さんにこれ何だと思う？　って見せたら、『フランス語じゃないか』って」

「フランス語――」

「ええ、社長はフランス語がちょっとできるんですよ。若い時にフランス料理店で修業してたことがあるっていうからそれででしょうけど。で、大事なこと、人に見られたくないことは、フランス語にして書いてあるんじゃないかって。誰かに見られても分からないように」

「そこに金庫の暗証番号が？」

「いや数字は書いてありませんでした。でも数字を英語のワン、ツーみたいにフランス語で書かれたら、分からなかったでしょうね。それだけ用心深いって話です」

「佐知代さんも、その手帖を見たんですね」

「ええ」

そこまで聞けば、十分だった。

喫茶店を出て田代と別れるとすぐに、みゆきが言った。

「佐知代さんは、その手帖に記されてたフランス語が金庫の暗証番号だと分かったんです」

――確かとは言えませんが……フランス語で話しているのかも。

――フランス語を解することで、アミラちゃんとの結びつきがより深くなったのかもしれません。

みゆきの読みは当たっていたのだ。

「助成金のことに気づいたのも、経理を含め事務仕事を長くしていたからじゃないでしょうか。非正規で働く高齢者女性にそんなことが分かるはずもないと、浦野も思い込んだんです」

浦野だけではない。自分も同じだ。

「佐々木さんから聞いた話で、レイラさんがスタンガンを所持していたと言ってましたよね」

何森もすでに悟っていた。

佐知代と浦野は、話し合いが決裂して揉み合いになったのではない。

佐知代は、初めからそのつもりでレイラからスタンガンを借りていったのだ。

すべては計画的な犯行だった。

幡ヶ谷で殺された女性について語っていた知人の言葉を思い出す。

――彼女が弱音を吐いたり、人を頼ったりするのを見たことはありませんでした。

――誰にも頼らず、自分の力でなんとか生活を立て直そうという強い意志を感じました。

佐知代も、そういう「強い意志」を持つ女性だったのだ。

初めから、浦野を襲って金庫の金を奪うつもりだった。

それは、自分たちが受け取るべき金なのだ、と。

佐知代だけではない。レイラやアミラやコニーたちが、全力で生き延びるために――。

「そんな話、状況証拠にもなりませんね」

予想通り、臼井には一蹴された。

「単なる想像、いやいつもの何森さんの妄想じゃないですか。いくら強盗は非親告罪だといっても、そんな話だけで人員を割けるわけはないでしょう」

「人員を割いてもらう必要はない。俺と荒井だけでやる。だから捜査を許可してくれ」

「捜査って、どこの、何を調べるんです。浦野という店主は何もなかったと言っている。妻も勘違いだと認めている。侵入の形跡もない。その石川という女性は行方不明。調べようがないじゃないですか」

「まず『キッチンセボン』の防犯カメラを確認する。壊れてるなんてデタラメだ。当夜の映像は消去されているかもしれんが、その場合は周辺の防犯カメラを当たる。逃走する佐知代の姿がどこかには記録されているはずだ。それで犯行は裏付けられるし、ある程度の足取りも分かる」

「そんな大掛かりな捜査、私の一存で許可できるはずないでしょう。こんな曖昧な状況で課長に伝えられませんよ」

「頼みはもう一つある」

「まだあるんですか?」

臼井が呆れた顔をする。

「南野理恵の聴取を許可してくれ」

「南野理恵?　誰ですそれ?」

以前に伝えているはずだが、忘れているらしい。いや、いつもの何森の与太話だと記憶にも残らなかったのか。

「大手流通グループ『カリオン』の営業担当常務だ」

「何でそんな人の名前がここで出てくるんです」

「南野理恵は、犯罪者の逃亡を助ける『クー・バン』という組織の代表だ。この組織については県警本部国際捜査課の佐々木捜査官に聞けば分かる。佐知代の行方も、おそらくアミラの居場所も南野理恵なら知っているはずだ」

「一体何の話です。いよいよおかしくなったんですか」

臼井は隣に立っていたみゆきに顔を向けた。

「荒井さん」

丁寧ながら有無を言わせぬ口調で告げる。

「何森さんが暴走しないようしっかり見ていてくださいとお願いしましたよね」

「はい。しかし」

「しかしも何もありません。あなたたちの担当はボヤの捜査です。それもすでに生活安全課に移譲されました」

臼井は再び何森の方を向いた。

「ご苦労さまでした。何森さんは、しばらくお休みください。あと二か月足らずで定年です。それまで溜まっている有休を消化してください」

そう言って、臼井は背を向けた。

何森は、すべての捜査からはずされたのだった。

8

目の前で、火がつけられた。

ボヤ程度に思えたその小さな火は、少しずつ大きく広がっていく。

消さなければならない、消すことが自分の仕事だ。分かっているのに、何森にはそうすることができない。それを消すことは、果たして正しいことなのか——、
チャイムの音で目を覚ました。

誰か来たのか……。鈍い頭で、時計を見る。夕方の五時。昨夜つくった鍋の残りを遅い昼飯としてつまみながら酒を飲み、そのままこたつで寝てしまったのだ。

再びチャイムが鳴る。

この部屋に、訪問客はもちろん宅配便すら来ることはない。新聞の勧誘かセールスの類《たぐい》かと出ないでいると、チャイムは三度鳴らされた。

しつこいセールスだ、と立ち上がり、苛立ちも露《あら》わに玄関のドアを開けた。

みゆきが、両手にスーパーのビニール袋を掲げ、おどけた表情で立っていた。

「サプラーイズ！」

「……どうした」

彼女がガクッとなる。

「もっと驚いてくださいよ。張り合いがないなあ」

「驚いてる。何の用だ」

「一人で寂しいだろうからご飯でもつくってあげようと思って。入れてくださいよ」

「……ああ」

ドアを大きく開け、身を引いた。スーパーの袋を掲げたままみゆきが体を滑らせてくる。

「おじゃましまーす」

靴を脱ぎずんずんとあがっていく彼女に、何森もドアを閉めると慌てて続いた。

「へー、意外ときれいにしてるんですね」

無遠慮に部屋の中を見回しながら、感心したような声を出す。

「仕事はどうした」

「今日は早上がりしました。キッチン、こっちですね」

勝手にキッチンに入るとすぐに、「え、ちょっと！」と大きな声を上げる。

「なんかつくってるじゃないですか」

「昨夜の鍋の残りだ。つくってるうちに入らない」

「そっか、何森さん料理するんですねー」

「料理のうちに入らないと言ってる。答えろ。何しに来たんだ」

「だから料理を……まあいいです、だぶらないようアレンジします。何森さん座っててていいですよ。はい、お酒でも――あ、もう十分お酒臭いな。お茶でも飲んでお待ちください」

「こんな時間に、家の方はいいのか」

「荒井がいますから。いいからあっちに座っててください」

それ以上問答するのも面倒になり、何森は部屋に戻ってテーブルの上を片付けた。

鍋の残骸は冷蔵庫に仕舞われ、こたつテーブルの上にみゆき手製の料理が並ぶ。焼き物に和え物、サラダやスープ、彩りも鮮やかで、くすんでいた部屋の中、その一角だけが華やいでいた。

「お酒はやめておきましょうね」

みゆきの言葉に、何森は素直に肯いた。飲みたい気分ではなかった。

正直言えば食欲もあまりなかったが、そう告げるのも悪い気がして、手前にあったササミとほうれん草のゴマ和えに箸を伸ばした。

「……どうです？」

口に運んだところでみゆきが心配そうに訊いてくる。

「ああ、美味い」

ゴマの風味が口の中に広がり、なかったはずの食欲が湧いてくるようだった。

「良かった」

ホッとしたように言ってから、みゆきが少し口を尖らせる。

「子供たちには、荒井のつくった料理の方が評判いいんですよ」

悔しそうに言うのに、何森は思わず苦笑した。

「私も食べようっと」

みゆきも箸をとり、料理をつまみ出す。

「うん、上出来」

満足気に肯くと、「こっちもどうぞ」と皿を何森の方に送って寄越す。

素直に受け取り、箸を伸ばした。どの料理もお世辞抜きに美味かった。

しばらく二人とも無言のまま料理を口に運んだ。

あまりに静かなので落ち着かなくなり、部屋の中で唯一音を出す旧式のラジオでもつけるかと立ち上がりかけたところで、みゆきが訊いた。

「何森さん、定年後はどうされるんですか」

上げかけた腰を下ろし、「何も決まってない」と答える。

「辞めてから、のんびり考えるさ」

「でも警務が再就職先をあっせんしてくれるんじゃないですか」

「俺にろくな声が掛かるはずはないだろう」

そう答えてから、思い出す。いつだったたか、県警本部人事課長の間宮紳一朗《まみやしんいちろう》から、再任用の情報とあわせ再就職先の希望について訊かれたことがあった。何森が「どこかで警備員でもやるさ」と答えたところ、「ちょっと当てがあるので。その件は改めて」と意味ありげな言葉を残したことがあったのだ。

当て？　とその時は気になったが、すっかり忘れていた。あれから間宮からは何の連絡もないので、特に意味はなかったのだろう。

いずれにしても、もう警察の仕事に関わる気はなかった。みゆきにもそう伝えると、

「そうなんですか？」

と不服そうな声を出す。

「勿体ないです、『全身刑事』みたいな人なのに」

「おちょくってんのか」

「まさか、本気で言ってます。刑事じゃなくなった何森さん、想像できません」

ふん、と鼻を鳴らして応えたが、実を言えば、何森自身も想像できなかった。刑事でなくなった自分に、一体何が残るのだろう。

「何森さんは、何で刑事に、警察官になろうと思ったんですか」

「何だ、急に」

「こういう機会もあまりないと思うので、訊いておこうかと」

まともに答える必要もなかったが、「ガキの頃、悪さしてよく補導されていてな」とつい口に出た。

「何森さんが、ですか?」

「意外か」

「いえ、そうでもないです」

みゆきが笑うのに、つられて何森も笑みを浮かべた。

――お前、うちで何回補導されたか知ってるか?

懐かしい声が蘇る。

「その頃世話になった少年係のオヤジさんがいてな……いい人とか一口では言えない味のあるオヤジで……あんな大人もいるんだなって思ったのが、いつの間にか刑事を志すようになったキッカケだろう」

「そうなんですね……」

春日部《かすかべ》署の生活安全課にいたベテランの少年係員だった。そう言えばあの頃、オヤジさんも定年目前だったのだ。

——お前、うちに何回補導されたか知ってるか？

——そんなの覚えてねえよ、四回目？

——アホ、七回目だ。深夜徘徊、暴力行為の恐れ、凶器所持、喫煙などの虞犯《ぐはん》行為で四回。傷害で一回。脅迫で一回。器物破損で一回。

オヤジさんが指折り数えるのを、中学生だった何森はニヤニヤと眺めていた。実際は笑い事ではなかった。立派に少年保護手続における「非行少年」に該当する。後一回でも何かしでかしていたら少年院送りは免れなかっただろう。それを救ってくれたのが、オヤジさんだったのだ。

——でもこいつは卑怯な真似はしないから。

そう言ってかばってくれたりもした。

——恐喝とか窃盗とか、一方的に暴力をふるうこともない。ただちょっと荒れてるだけなんだよ。

そして、何森の、いやおそらく何森だけじゃない。担当した少年たちの話をよく聞いてくれた。最初に「何があった？」と尋ね、後はこちらの話を「うん、そうか。うん、そうか」と相槌《あいづち》打ちながら延々と聞いてくれたのだ。

そして時折「それはこういうことか？」「もう少しそこの気持ちを話してくれ」などと言葉を挟む。それに答えながら話しているうちに、それまではモヤモヤと形のなかった感情に、次第に言葉がついてくるようになる。

なぜ自分はこんなことをしたのか。

それが少しずつ分かり始めた頃、今度はオヤジさんが話し始める。何森にも分かるよう言葉を選びながら。何森のした行為で、誰が、どうして困り、どんな風に傷ついたか、ということを。

――お前は、法律や決まりを破ったからここに連れてこられたと思ってるのかもしれないが、それは違う。

そう言ったオヤジさんの声を、今でも覚えている。

――法律も決まりも、人がつくったものだ。先に法律や決まりがあったわけじゃない。まず、人がいるんだ。だから、決めるのも人だ。つまり、お前だ。これからどうすればいいか決めるのは、お前自身なんだ。

親も教師も、頭ごなしに叱るか、ヒステリックに泣き喚くかのどちらかだった。「そんなことしてはダメだろう！」と怒鳴り、「ルールなんだから守るのが当たり前だ！」と押さえつけるだけだった。

――これからどうすればいいか決めるのは、お前自身なんだ。

そんなことを言ってくれた大人は、オヤジさんが初めてだったのだ。


「そんな人がいらっしゃったんですね……」

みゆきが、感じ入ったように呟く。

「ああ」

自分がそんな存在になれたら、などと考えたわけではない。

それでも、心のどこかにあったのかもしれない。

罪を犯した者を捕まえ、収容するのが警察の仕事であったとしても、オヤジさんのように、その者たちの心に何かを残すことができるのではないかと――。

その時、携帯電話が鳴った。

休暇中に仕事の連絡はないはずだ。佐々木からか、と携帯を手にすると、「二つの手　武田」という名が表示されていた。

もしや、思いながら通話ボタンを押した。

「何森さんですか？　署に電話したら休暇中だと聞いたのですが……」

「大丈夫だ。何だ？」

「この間、コンゴ民主共和国国籍の女の子を探しているという話をされていましたよね」

「したが――何か分かったのか？」

みゆきに身振りで、「メモの用意を」と伝えた。みゆきが慌ててバッグを探る。

「その子かどうかは分かりませんが、懇意にしている民間救急の事業所があるんですけど」

民間救急とは、緊急性のない入退院や送迎などを行う業者のことだ。

「その業者が、先週、アフリカ系の小学生ぐらいの女の子を搬送したらしいんです」

「どこの病院だ！」

「東飯能の宮寺《みやでら》病院というところに」

「東飯能の宮寺病院だな」

みゆきのために復唱したが、知っている病院だった。心臓血管外科があり、弁膜症の手術に関しては県内でも指折りと評判だったため真っ先に当たっていた。その時は「該当する患者はいない」という返答だったのだが。

「患者の名前は分かるか」

「そこまでは分かりません。私が話したのも直接搬送した人間ではないので。ただ何か訳ありだったみたいで、この件は口外無用と堅く口止めされたとかで」

間違いない、コニーだ。

「分かった、感謝する」

電話を切って、立ち上がった。

「コニーちゃんですか」

みゆきも立ち上がる。

「そうだ、行くぞ」

「何森さんは休暇中です。私も非番で――」

「それがなんだ、関係ない」

みゆきの前だが、構わず着替えた。

「一応係長に報告を――」

携帯を取り出したみゆきを、何森は見据えた。

「これは、俺たちの事件《ヤマ》だ」

みゆきが、ハッとしたように手を下ろした。

「行くぞ」

着替え終え、玄関に向かう。

「はい！」

意を決したように、みゆきも続いた。


宮寺病院は入間川の近くにあり、遠くからでもその大きな看板が見えた。

玄関前でタクシーから降り、時間外入口に駆けこんだ。

受付にいた警備員に警察と名乗り、「コニー・バンザという十歳の女の子が入院しているはずだ。親族がいたら面会したい」と告げる。

警備員は驚いた様子でどこかに電話をかけていたが、

「すみませんがそういう入院患者はいないということです」

と恐縮した顔で答えた。

「電話の相手は誰だ」

「事務の当直ですが」

「偽名を使っている可能性がある。心臓病の手術をしたばかりの外国籍の十歳の女の子。その条件でもう一度調べるよう言ってくれ。事務長か誰か、分かる者に問い合わせを頼む」

「はあ」

警備員は困惑した顔で再び電話に向かった。電話をどこかに回されたりしているようでかなり時間がかかっていたが、待つしかなかった。

しばらくして、ようやく警備員が「お待たせしました」と戻ってきた。

「分かる者が降りてくるそうです。すみませんがあちらでお待ちください」

入ってすぐの廊下に置かれた長椅子を指さした。

「分かった」

何森とみゆきは受付を通り過ぎ、廊下の長椅子に並んで腰かけた。

「……本当にコニーちゃんがここにいるんでしょうか」

みゆきがまだ半信半疑の顔で言う。

何森は答えなかった。

だが、いる、と確信していた。

コニーがいれば、レイラたち家族は間違いなく付き添っているはずだ。そして――。

「警察の方というのは？」

声に振り返ると、エレベータの方から見知った顔の男が歩いてきた。

戸塚と言ったか。以前にフオンへの面会で「カリオン」を訪れた時に応対した弁護士だ。

「おや、何森さん、でしたか。これは奇遇ですね」

しらじらしい口調で戸塚が言う。

何が奇遇だ。この病院と「クー・バン」が繋がっていることがこれではっきりした。

「お尋ねの件は聞きましたが」戸塚が慇懃な口調で告げる。「そういった条件に該当する患者は当病院には入院しておりません」

「あんたはこの病院の顧問弁護士もしているのか」

「そういうわけではありませんが、お尋ねに答えられる者ではあります」

「隠すと罪に問われる場合がある。それでもいないと言うわけか」

「ほう」戸塚が目を細めた。「罪というのは、犯人隠避《いんぴ》罪ですか？　仮放免からの逃亡はまだ刑事罰の対象にはなっていないはずですが」

何森が答えないでいると、「しかし」と戸塚は眉間に皺を寄せた。

「入管法が改正されればそうなる可能性もあります。戻れば迫害されると分かっているのに難民申請を却下し、送還拒否をする者には罰を与える。それが正義だと、何森さんはお考えですか？」

正義……？

そうか、と何森は悟った。

彼らは、病院や企業といった組織ぐるみでレイラたちを匿っているのではない。目の前にいる弁護士は、そしておそらくこの病院の心臓外科医も、個人の信念で今回の行動に加わっているのだ。

――あなたたちが「罪」としている行為をなし、追われていること。

それは果たして本当に罪なのか、そう自分自身に問うて――。

「俺の用件は、レイラの不法滞在のことではない」

何森の言葉に、戸塚が怪訝な表情を浮かべる。

「非現住建造物等放火罪の疑いで、アミラ・バンザから話を聞きたい」

戸塚の表情が変わった。

「この件は刑事事件だ。彼女を隠せば、君らは犯人蔵匿《ぞうとく》罪に問われる」

冷静沈着だった戸塚の顔に、初めて動揺が浮かぶ。

「……こちらで少しお待ちください」

携帯電話を取り出し、どこかへ電話をしながらエレベータに向かう。

「何森さん」

みゆきが険しい声を出した。

「令状はありません。アミラを逮捕することはできません」

「逮捕ではない。事情を聞くだけだ」

「署に連行して?」

「この病院のことは、いずれ少年係や国捜にも知られる。俺たちが彼女を連れていかなければ、彼らが正式な令状をとって来る。それでもいいのか」

「誰がここのことを話すんです？　何森さんですか」

何森はみゆきを睨《ね》め付けた。

だが、怯むことなくみゆきが言う。

「罪に問われれば、アミラも入管に収容されるかもしれません」

「だから」

何森は語気を強めた。

「俺たちがアミラを連れて行くんだ。俺たちなら」

「何森さんなら？」

声がした。誰であるかは、見ずとも分かる。

何森は、ゆっくりと振り返った。

エレベータの前に、フオンが立っていた。こちらに向かって歩いてくる。

何森の前で立ち止まると、まっすぐ見つめ、同じ言葉を繰り返す。

「何森さんなら、何ができるんです？」

答えなければならない。自分に何ができるか。何が――。

その時、携帯電話が鳴った。

無視して、一歩足を踏み出す。

何森の携帯が鳴りやむと、今度はみゆきの携帯が鳴った。電話を取り、何か話している。

「え、本当ですか⁉」

電話に向かって声を上げる。

「ちょっと待ってください、今一緒にいますので。何森さん！」

みゆきが叫んだ。

「署からです、東交番から何森さん宛てに電話が入っていると」

東交番？　何のことだ。

「出頭してきた女性がいて、何森さんの名前を出しているそうです」

出頭してきた女性――。

「石川佐知代と名乗っているそうです」

息を呑んだ。

「――強盗を認めたのか」

「いえ、それが」

みゆきが一瞬、口ごもった。

「公園のトイレに放火したのは自分だ、と」

目を剝いた。「何だと？」

「佐知代さんは、紺色のダッフルコートを着ているそうです。その裾に焦げ跡が。すでに他の捜査員が東交番に向かっているようなんですが」

「すぐに行くと伝えろ。俺が行くまで何もするなと」

「はい」

みゆきが電話に向かって何か伝えながら、出口へと向かう。

何森もそれに続こうとして、フオンのことを振り返った。

彼女はすでにエレベータの方へと戻っていた。

何森は声に出さずに叫ぶ。

佐知代に全部の罪を押し付ける気か……これが君らの正義なのか……！

フオンはこちらを振り返ることのないまま、エレベータのドアが閉まった。


時間外入口を出たところで、上からの視線を感じ、振り返った。

見上げると、上階の廊下の窓に、少女の姿があった。

遠目でもその褐色の肌を見分けることができる。

アミラが何森のことを見つめていた。

言葉にせずとも、彼女が何を言いたいかは、はっきりと分かった。

その時、悟った。

罪を押し付けたのではない。

託されたのだ。

佐知代とアミラの二人から。

――警察は、その女の人を助けてあげられるんですか。

――捕まえて、収容するだけじゃないんですか。

俺たちは、答えを託されたのだ――。


何森は、一人公園にいた。

ベンチに座り、辺りを眺める。

久しぶりの晴天で、午後から気温もぐんぐんと上がっていた。グラウンドでは親子らしき二人がキャッチボールをし、ベンチには年老いた夫婦が日向ぼっこをしている。

　石川佐知代の取り調べは、何森が行った。本来は被疑者が女性ということもあり、主任でもあるみゆきが取調官を務め何森は補助に回るのが筋だったが、何森が自分に担当させてくれと願い出たのだ。

「私のためですか？」

　みゆきが訊いた。

　何森は首を振った。確かに半分はその通りだった。みゆきはこれからもこちら側にいなければならない人間だ。だが何森は。

　――だから、決めるのも人だ。つまり、お前だ。これからどうすればいいか決めるのは、お前自身なんだ。

「自分のためだ」

　みゆきはそれ以上何も言わず、補助者の席に着いた。

　佐知代が着ていた裾の焦げたコートは、証拠品として採用された。佐知代は動機について「あまりに寒くて暖を取ろうと火をつけた」と語り、何森はその通り調書に録《と》った。逮捕容疑は非現住建造物等放火罪だったが、被害が小さかったことから送検の段階で器物損壊容疑に切り替えられた。自首している点も考慮すると罰金程度となっても不思議ではなく、略式起訴で終了することになるだろうというのが検察の見方だった。

　佐知代を強盗の容疑で聴取することは、最後までなかった。それからしばらくして、「キッチンセボン」を解雇された二人の従業員の居場所をみゆきが見つけた。佐知代と同様に解雇後も書類上は雇用継続にされており、しかし休業手当など受け取っていなかったと判明したことで労働局が調査に乗り出した。いずれ不正の事実が明らかになり、浦野が詐欺罪で逮捕された際、「強盗にあった」と訴えることがあるかもしれない。しかし証拠は自ら隠滅してしまっている。そんな話をまともに取り合う刑事はいないだろう。

若いカップルが近くを通り過ぎ、「梅、満開だね」「桜ももうすぐね」と会話しているのが聞こえた。

桜が咲き、春がくれば、刑事としての何森の時間も終わる。

そのことに、悔いはなかった。

少女が起こした小火は、一人の女の存在を照らした。

照らされた女は、自分よりも少女を逃がすことを選んだ。

何森もまた、同じことを願った。

生き延びることができるものは、全力で生き延びよ、と。

あとがき

本作は、私の代表作とされている〈デフ・ヴォイス〉シリーズのレギュラー陣の中で一番人気のキャラクターである刑事・何森稔《いずもりみのる》を主人公にした『刑事何森　孤高の相貌』（東京創元社）の続編である。

前作刊行の際にはさほど大きな反響はなく、売れ行きも芳しくなかったにもかかわらずこうして二作目を出せることになったのは、ひとえに版元のご厚意によるものと感謝している。

シリーズ化にあたって痛恨の極みだったのは、さしたる理由もなく何森を自分と同学年に設定してしまったことで、それにより何森は二〇二一年度中に満六十歳となり、その年度末（二〇二二年三月）をもって定年を迎えることになった。従って、本作で描かれるのは「刑事何森」にとっての最後の事件となる。

内容については「外国人女性」と「女性」に関わる物語ということだけは最初から決めていたものの、具現化できずにいた頃、名古屋入管に収容中だったスリランカ人女性、ウィシュマ・サンダマリさんが死亡する事件が起きた。入管の体制そのものが問われることとなったこの件を調べていくうちに、「仮放免」という制度があることを知り、「逃げる女」と「逃がす女」、そして「はからずも追うことになる何森」という構図を思い描いた。

しかしながら入管の問題を刑事である何森とどう関わらせればいいか、が中々思いつかなかった。そんな時に報道で知ったのが、本作の第一話「逃女《とうじょ》」の中で語られる「ベトナム人の技能実習生が妊娠を隠して死産し、死体遺棄罪の容疑で起訴された」事件だった（まだ裁判の最中だったため名前など一部変えてある）。経緯を調べると逮捕されたこと自体が理不尽な事件であり、刑事としての何森が憤る姿が目に浮かんだ。

　当初抱いたイメージと、これらの出来事がどう具体的に結びついたのかは、本作を読んでもらいたい。

　件《くだん》のベトナム人元技能実習生の現実の裁判については、その後、二審でも有罪判決となり、弁護側が上告、最高裁に委《ゆだ》ねられた。その判決が本年三月二十四日に下り、被告人だったレー・ティ・トゥイ・リンさんへの有罪判決は破棄され、逆転無罪が確定した。「外国人技能実習制度」の問題点も次々に明らかになり、制度自体の見直しも議論されている。

　しかし、いいことばかりではない。第三話「小火《しょうか》」の中で言及している「いったん廃案となった入管難民法改正案」については、「難民認定の申請を原則二回までに制限し、申請の繰り返しによる送還逃れを防ぐ」などの条項が維持されたまま、本年五月九日に衆院本会議で可決されてしまった。

　前回は当事者や支援者による反対だけでなく、世論の広がりもあって廃案となったが、今回はどうなるか。衆院での審議の行方を見守りたい。

　他にも本作には、現実に起こった事件や出来事を参考にした箇所がある。第二話「永遠《エターナル》」における「売春あっせん」「パパ活」の実際については、

●「出会い系で女性装い客募集　売春あっせん容疑13人、年商21億円か」（朝日デジタル　二〇二一年九月二十九日）

●「パパ活女子……儲かるかもしれないけど食い物にされるケースも」（abundantNews　二〇二二年二月十八日・二十二日）

●「コロナ禍のパパ活は路上での直接交渉に……池袋82歳男性殺害で小川泰平氏解説」（神戸新聞NEXT　二〇二三年一月二十四日）

他、二〇二二年一月二十一日に起きた「パパ活をしていたと言われる二十四歳女性に八十二歳男性が東京・池袋で殺害された事件」についての各種報道記事などを参考にした。

第三話「小火」中、一六六ページ「二〇二〇年十一月。東京都渋谷区幡ヶ谷《はたがや》のバス停で、六十四歳のホームレス女性が殺害された」件については、実際に起きた事件を被害者の実名を含めて記述した。同ページの「生前の女性を知る人が語っていた」話は、

●「追跡 記者のノートから　ひとり、都会のバス停で〜彼女の死が問いかけるもの」NHK事件記者　取材note（二〇二一年四月三十日）

から引用した。

この記事の他、当該事件の被害者である大林三佐子さんの人となりについて書かれたものは、本作の登場人物である石川佐知代《いしかわさちよ》の人物造形にあたっても参考にしている。

また、一六七ページ「茨城県の菓子工場で火災事故が起きた」についても、実際に起きた事故を参考にし、地名や日時などを変えて記している。

ベトナム語の表記・発音については、Web記事、

●「カタカナで覚えるベトナム語～基本編～挨拶、自己紹介をしてみよう」などを参考にしたが、作中に出てくる組織名「cũru bạn（クー・バン）」については、言葉の響きなども考慮した私の造語であり、文法的には不正確かもしれないがご容赦願いたい。

全編を通じて、法律関係で不明な点については、〈デフ・ヴォイス〉シリーズ及び前作に続いて弁護士の久保有希子先生にご教示を仰いだ。ただしすべてをチェックしていただいているわけではなく、記述に誤りがあればすべて作者である私の責任である。

〈その他の参考資料〉
●『入管問題とは何か』鈴木江理子・児玉晃一編著（明石書店）
●『たまたまザイール、またコンゴ』田中真知著（偕成社）
●『週刊金曜日』２０２１年８月27日号　対談「日本で育ったクルド難民申請者、彼らの夢を誰がつぶしたのか」日向史有・田中喜美子
●『週刊金曜日』２０２１年４月16日号　特集「難民を排除し、〝犯罪者〟にする入管法改悪」
●『世界』２０１９年12月号　特集２「難民を追い詰める日本――認定率0.4％の冷酷」

本家〈デフ・ヴォイス〉シリーズの方は巻を重ねるにつれ事件的要素が薄まりつつあり、刑事である何森の出番も少なくなっている。何森が活躍する物語は是非こちらのシリーズで書き続けていきたいと思ってはいるが、前作同様の有様ではいくら寛容な版元とは言え三作目はないだろう。本作が僅《わず》かでも話題になり、ほんの少しでも売れてくれるよう、皆さんにお願いするしかな

い。

定年後の何森が、今後どういう形で現代社会に起こる出来事に関わっていくか、私自身も大変楽しみにしている。

二〇二三年五月

初出一覧

「逃女《とうじょ》」　〈紙魚の手帖vol.06〉　二〇二二年八月
「永遠《エターナル》」　〈紙魚の手帖vol.08〉　二〇二二年十二月（「エターナル」改題）
「小火《しょうか》」　書き下ろし

刑《けい》事《じ》何森《いずもり》　逃走《とうそう》の行先《ゆくさき》

2023年6月16日　初版

著者
丸《まる》山《やま》正《まさ》樹《き》

装画
草野 碧

装幀
大岡喜直（next door design）

発行者
渋谷健太郎

発行所
株式会社東京創元社
〒162-0814 東京都新宿区新小川町1-5
03-3268-8231（代）
http://www.tsogen.co.jp

印刷
フォレスト

製本
加藤製本

 ISBN978-4-488-02894-7　C0093